モテるかもしれない。

カレー沢薫

新潮社

モテるかもしれない。

目次

装画と挿画　カレー沢薫

はじめに

この本の題は「モテるかもしれない。」。

同じ名前の本が確実にあるような気がする、もはや何番煎じかもわからぬ、白湯みたいなタイトルだ。

そしてもちろんテーマは「モテ」だ。

そんなことはモテてる奴に聞け。私に聞くのは、童貞に性技についてレクチャーしてくれと言っているようなものだ。

このように、現在私は「モテ」について言及されると、突然ブチ切れて部屋から出て行くという、屁や臭い汁を出して逃げるスカンクやカメムシと全く同じ動きをする上に、出す物が年々臭くなっている。その内、出した瞬間まず自分が死ぬようになるだろう。

明らかに医者に「何故もっと早く来なかった」と言われる状態だ、しかし何故こうなってしまったのだろう。

答えは簡単だ、「一度もモテたことがない」からである。

もちろん、一度もモテたいと思ったことがないならいい、しかし、やはりモテたかったし、モテようとした、そしてモテなかったのだ。

この時点で私は「モテ」に対し、人生のつらい事ランキングで「母親の死」と「カップ焼きそばの麺が全て排水口に……」の間に位置する「挫折」を味わっているのだ。

自分はモテを手に入れられなかった。

それにも拘わらず、世の中には信じられないことに、モテる女というのが存在するらしい。

そして、そういう女はモテることによって、私の想像もつかないような、マジですごくとんでもないいい目を見ているような気がするのだ。

いきなり文章力が皆無になってしまったが、何せモテたことがないからどう言っていいのかわからないのである。

私にモテ女とは何かを語らせると、人間の女の話をしているのか、ユニコーンなどの伝説上の生き物の話をしているのか判別つかないぐらい、漠然とした話になってしまうのだ。

このように「モテ」について考えると「表現力が死ぬ」、これは作家としては致命的なことなので、やはりモテについて考えるべきではない。

そして当然、モテる女に対しては「嫉妬」を覚える。

もちろん伝説上の生き物なので、自分の脳内で作り出したモテ女に嫉妬しているという救いようのない状態なのだが、脳内で、こっちが自腹で買ったファンタ（グレープ味）をペットボトルから直飲みしている間に、男にシャンパンをおごってもらい、なおかつそれを「泡」などと呼んでいる女がいるのだと想像し、本気で「ズルイ！」と思っているのだ。

そして何より「劣等感」を感じる。

同じ人間なのに、同じ女なのに、なんでこうも違うのか。

そう言いながら強く握った拳が、剛毛に覆われており、実は自分はゴリラで、あまつさえオスでした、というなら全ての問題は解決だが、残念なことに、指毛は尋常じゃなく生えているものの、やはりギリで人間だし女なのである。

このように「モテ」について考えると七色の苦痛に苛《さいな》まれる、という話にしたかったのだが、意外と七つもなかった、学校の七不思議が、三つ四つしかないのと同じ現象である。

よって、あとは「頭痛」「めまい」「吐き気」「ゲリ」でいい。

つまり、モテについて考えると、三つか四つの精神的苦痛を味わう上、風邪の諸症状まで来たすのである、これは考えるべきではない。

よって、現在では自分がモテようとすることはもちろん、モテている人間、モテる技術、果てはモテようとあがいているモテない人間すら眩しくて見ることができない。

「ワキ毛フェロモン術」等、完全に無駄な努力をしている人間以外は直視できないのである。

もはや「恐怖」だ。

しかし、何故そこまでモテが怖くなったかというと「モテから逃げ続けたから」とも言える。

目をそらし続けたから、モテがどんどん得体の知れないものと化し「オバケや霊が怖い」と同じような感覚に陥ってしまっているのだ。

直視することにより「ホッケーマスクにチェーンソーを持った大男だから怖い」という風に、恐怖の理由が明確化し、どちらにしても死ぬが、割と納得して死ぬところまでいけるのではないだろうか。

それに「幽霊の正体見たり、干しっぱなしの俺のババシャツ」と昔から良く言うように、よくよく見れば「モテ」なんて恐れるに足らないことかもしれないのだ。

「モテ」と遭遇したら、瞬時に尻尾を巻いて逃げていた自分だが、全裸にハイソックス、ポリス帽をかぶり、真正面からモテを見据えれば、モテの方から目を逸らし、こちらを恐れて警察に通報などするかもしれない。

そうなれば、長年私を苦しめてきた「モテ」への呪縛からの解放である。

それと同時に両手に別の鎖が巻かれる恐れはあるが、物理的縛《いまし》めなど心に比べれば些細なことだ。

そしてなにより、心が解き放たれたことによって「モテるかもしれない」のである。

モテるかもしれない。

第1回 モテの道のプロに学ぶ

童貞メンタルだけどモテたい

さて本書のテーマは「モテ」であるが、モテない人間がモテる方法について考えても埒があかない。

むしろ、小中高イケてないグループ内でもさらにしんがりを守っていた人間が、ファッション誌など、誰の力も借りずに、俺が考えた最強の大学デビューコーデで校門をくぐってしまうのと同じように、モテない人間が独自に考えたモテ術を実践しても、良くて黒歴史、普通にトラウマ、最悪PTSDを発症するので、やはり手本はあった方が良いのだ。

よって、連載担当（女）よりモテに関する資料を送ってもらうことになった。

そして、それはある日「ダンボール一箱」という形で届いた。物理的にも心理的にも重い。これは開封せずに、枯れそうな桜の木の下にでも埋めた方が良いんじゃないだろうか、モテたいという人間のパワーできっと生き返るはずだ、しかし咲く花は、蛍光ピンクとかだろう。

だが、何度も言うように、自分の妄想だけでモテを語ってもしかたがない。

意を決して箱を開けると、まず西野カナのCDと目が合った。

そういえば、担当と打ち合わせをしたとき「モテと言えば西野カナでは」という話をしたことを思い出した。

完全に童貞同士の会話である。しかし打ち合わせに来たのが、いかにもモテそうな女だったら、私はその場で直帰したと思う、むしろ童貞の依頼だから受けたと言ってもいい。

西野カナ、なんとなく避けていたジャンルだ。

もちろん、西野カナ自身には何の恨みもないし、彼女が会いたくて会いたくて震えた振動で我が家が倒壊したということもない。

では、なぜ避けていたかというと「モテそうな女が好きそう」だからであろう。

たったの十一文字の中に「○○そう」という、ソース不明情報が二つも入っている、曖昧すぎる話だ。

しかし、この感覚こそが、モテない理由の一つである。

自分がモテないから、モテる女を嫌う、さらにそういう女が好きそうなものを避ける。

この「坊主殺して袈裟まで燃やせ」の精神がさらにモテから遠ざからせるのだ。

モテる女が好きそうなもの、つまり「モテ系のもの」である、それらを避けてたら、そりゃさらにモテなくなるわという話であり、負のループだ。

つまり、モテないのは西野カナを聞かないからではない、聞いてモテるなら、北方謙三御大が若者の悩み相談を「ソープに行け」で両断するように「西野カナを聞け」で全て解決だ。

そうではない「ひねくれている」「素直でない」という性格がモテなくさせているのだ、さらに「聞いてもない西野カナをモテ系だからという理由だけで悪く言う」ようになったら役満だ。

　もし絶世の美少女なら上記のような性格でも「ツンデレ」と評されモテるかもしれないが、絶世の美少女じゃないから今までモテなかったのだ、むしろただの偏屈な人と思われている可能性が高い、これはモテどころか、全人類から避けられるタイプだ。

　つまり、聞くべきなのだ、西野カナを、聞いた上で気に入らなかったら仕方がない、まずは聞くことだ。

　しかし、小生にはまだカナさんはレベルが高くないか、と思った。

　毒に体を慣らすとしても、いきなり青酸カリを飲んでは即死だ、ここは少しずつ砒素を飲んでゆっくり死んでいくべきだろう。

　とりあえずカナさんは置いておいて、ほかの資料を検分することにした。

　まず、自己啓発系モテ指南本、社会学的に見たものから男性著者が書いたものまで色々ある、次に、スタンダードなモテ重視の女性誌、そこまでは良かったのだが「ＪＣ向けモテ雑誌」が出てきた時点で顔がチアノーゼ反応を示し始めた。

「そうかＪＣから……」そう思った瞬間、その下から「ＪＳ向けモテ雑誌」が出てきたので、犬のクソをジャンプで回避したら、着地地点に地雷が埋まっていた人の顔になった。

　最近は小学生すらモテを意識しているのか、と思ったが、私が小学生の時（四半世紀前）も意識している奴はしていたのだろう。それにすら気づかずバッタとか捕まえていたからこうなってしまったのだ。

小学生時点で勝負がついているとしたら、すでに遅きに失しているのではないだろうか、否「物事をはじめるのに遅すぎるということはない」はずだ、少なくともアラサー、アラフォー女から金を引っ張りたい業界はみんなそう言っている。

だが、素直になるべきとは言え、いきなりカリスマJS読者モデルをパイセンとは呼べないし、呼んだら「事案発生」と言われる恐れがある。

この、あれもダメ、これもダメと言っている感じがすでにダメな気がするが、やはり最初はできるだけとっつきやすい物からいきたい。

そんな時、一冊の本が目についた。

モテ指南本だが、どうやら海外のもののようだ。

自分により近い存在だとどうしても嫉妬が入ってしまう、だが海外著書なら、海外セレブの一挙一動を完コピするアンテナ立ってる女ぐらい素直に受け入れられるだろう。

しかも担当によると「昔から伝わるおばあちゃんの知恵袋的モテ本」だそうだ。

いい、JSの言うことはまだ聞けなくても、ババア、それも外国のババアの言うことなら聞ける気がする。

おばあちゃんに頼ってもモテたい

今回、読んでみたのは『ルールズ――理想の男性と結婚するための35の法則』という本だ、おばあちゃんの知恵袋的、アメリカのモテ本のバイブル、古典のようなものらしい。

　こっちのババアが猿カニ合戦とか牛糞の話をしている間にあっちのババアは孫にモテテクを話しているかと思うと、そりゃ勝てねえや、という気がしてくる。

　しかし厳密に言うとババアが書いた本というわけではなくババアが言っていたことをまとめた的な本らしい。

　モテテクで一財産築いたババアがいる国などいよいよ勝てないので、一安心である。

　まず冒頭からして「ここに書いてあるルールを守りさえすれば、ハイスペックな男と結婚できる上に、結婚後も相手はあなたをお姫様のように扱う」と強気なことが書いてある。

　今すぐ、財布のクレカを全員避難させろと言いたくなる様なウマすぎる話だ。

　しかし、モテに限らず自己啓発本はウマい話が書いていないとダメだ、こういう本を買う時点で行き詰っているのだ、ウソでも良いから「この本を読めば必ずモテる」「モテなかったとしても庭に油田が湧く」と言ってほしい。「上手くいくかもしれない」とか「上手くいく※イケメンに限る」みたいな本はお呼びではない。

　この本にはタイトルの通り様々なルールが書かれているのだが、一貫して主張している

のは「自分を安く見せるな」「自分から男を追いかけるな」ということである。

男には狩猟本能があるので、簡単に手に入る女、単純な女にはすぐに興味を失う、無理めな女、ミステリアスな女を演じ、追わせろ、とのことである。

そのためには、自分から声をかけたり、電話をしたりしては絶対だめだ、声をかけた時点でお前は即死だし、来世はオオグソクムシだ、とまでは書かれていないが、そのぐらい力強く何度も、お前からは声をかけるな、と書かれている。

しかし、だとすると私はすでに、このルールを敬虔なまでに守っている。

ハイスクール時代、私は自分から男に声をかけたことなど一度もない、その結果男子と会話したのは「二回」である。

その内の一回は「窓開けて」と言われただけだ、そしてもう一回は思い出せないので「三年も共学で一回はキツイ」と脳が防衛本能を働かせ「二回」と記憶を改ざんしたのかもしれない、脳というのは優秀なものである、私の中にいるのが可哀そうなぐらいだ。

つまり、自分から男に声をかけずに待っていても誰も声をかけてくれない、ということをすでに身を以て実証済みなのである。

おいおい、ババア大丈夫かよ、それともお国柄の違いか、とページをめくったら「自分を磨け」と書かれていた。

ですよね、である。

自分から声をかけるな、というのは「自分さえも気づいてない私の魅力に誰か気づいてくれ」と、口半開きで念を飛ばし続けることではなく、まず、声をかけたくなるような魅力的な女になれ、なったら、あとは黙って待て、ということである。

なぜコレが古典と言われているかわかってきた。「正しいことが書かれている」からだ。もちろん、本書の中にも「待っていても誰も声かけてくれないんですけど」というツッコミが書かれている、それに対するアンサーは「それは相手があなたに興味がないからです」である、正しい。

つまり、私の「高校時代男子との会話回数二回」は、三年間クラス中の男子が、窓を開けてほしい時をのぞいて、私に用も興味もなかったからである。

なるほど、だが私は、古傷を切開しにきたわけではない、モテにきたのだ。

しかし、教室内で、女子というより綿埃（天気が良い日だけ辛うじて見える）みたいな存在だった諸君も安心してほしい。

本書には「何も特別美人で、能力が高い必要はない」と書かれている、朗報だ。

ただ身なりを整え、適度な運動をして知的な女でありさえすればいいのだという、悲報である。

逆にクレカを二、三日預けて良いような誠実さだ。だが決して完璧になる必要はないのだという、ただ、いつでも自信満々に振舞うのが大事なのだそうだ。

たとえ、行きで犬のクソを踏み、帰りに同じクソを踏むようなパッとしない一日で、今もその靴を履いているという状況でも、男の前では、自分は最高であり、充実していて、忙しい女なのだという態度を崩すなということらしい。

つまり、ある程度、値打ちのある女になり、さらに男にはお値段以上だと思わせろというニトリの精神である。

ニトリ女と言うと、いきなり激安感が出てしまうが、心意気としてはそれだ。

確かに男でも女でも卑屈なのはダメだ。選んでもらいたいのに、自分から、このソファ、一見よさ気に見えますが、一年ぐらいで革が破竹の勢いで剝がれて、床がクソほど汚れますという話をする奴があるか、という話だ。

なかなか、そうストイックにはなれねえよ（本の中にも「ストイックになる必要がある」と書かれている）と思う部分もあるが、割と堅実なことが書かれており、初デートはノーパンで、みたいな、ババアが孫に言うには、世紀末過ぎるアドバイスは書かれていない。

しかし本書に描かれている「男に好かれる良い女像」は少し気になる点があったので、次項で触れたいと思う。

ツッコんだら負け、は真理である

さて『ルールズ』の「自分を磨け」の項に出てきた「黙ってても男に声をかけられる女像」であるが、内面のことはとりあえず置いておいて外見のことである。

流行は追わなくていいから、上質な服を着ろと言うのはまだいい、だがさらに「髪は伸ばして、スカートを穿け」と割とはっきり書かれている、理由は「男はそういうのが好きだから」だ。しかも「男のように短い髪をするんじゃない」とまで書かれている。

ここで難色を示す、というか、本を微粒子レベルまで粉砕してしまう人もいるんじゃないだろうか。

「炎上したくてたまらない時はこれを言え」でお馴染みの「女は男ありき論」に通じる話だ、「女は結婚しなければ必ず地獄に落ち、男のいない女はとにかく孤独で哀れ、趣味に熱中する女は男がいない寂しさをそれで埋めているだけ、バイクに乗るのもマッドマックスを見るのも全部男の影響、男が導いてやらないと女は一生おままごとしか知らない、だから女が化粧やオシャレをするのは全部男にモテるため」。

ということを言えば、軽く巴里ぐらいは燃えるのである。

そして本書はまさに「男にモテるため男が好きな格好をしろ」と言っている、二十一世紀に何を言っていやがると、モヒカン、トゲつき肩パッド革ジャン、という、スカート&ロングヘアと対極をなす、絶対男にモテないスタイルで、本を消毒五秒前な方もいるだろう。

しかし、ここで、ハートマン軍曹のコスプレをしたババアのお出ましだ。

その結果
モテてしまうかも
しれないが
それは
仕方ない!!
ちくわぶ

「貴様はここへ何をしに来た？」と。

確かに、全く男にモテたいと思っていない人に対し「その化粧は男にモテるためだろう」とか「そんな格好（フルフェイスヘルメットに肩パッド）じゃ男にモテないよ」などと言ったら「このジャギ様（仮名）が結婚や男にちやほやされるためにオシャレしてると思っていたのかァーーーーッ！！」と、岸辺露伴《きしべろはん》級にブチ切れられても仕方がない。

しかし、この本を手に取ったということは（ミリタリー雑誌と間違えたという場合を除き）「男にモテたい」と思っているはずなのだ。

「男にモテたいんです」と言っておいて「よし、じゃあ男が好きな格好をしろ」と言われた瞬間火炎放射器をぶっ放すというのはおかしい、露伴先生だって「君、落ち着けよ」と言う。

そしてハートマンババアはこう言うだろう。

「モテるためとは言え、自分の趣味に合わない格好をするのは嫌？　媚びたくない？　ありのままの自分を愛してくれる相手を見つけたい？　気に入った、うちに来て妹（ババア）とファックして良い。良いことを教えてやろう、なぜ貴様がここにいるのか、ありのままのお前を愛する男がこの世に存在しないからだ」

女は、男とか全く関係なしに、化粧しオシャレし趣味を謳歌するし、していいものなのだが、だからと言って「男のために化粧しオシャレし、男の影響でマッドマックスを見て丸刈り（フュリオサ大隊長リスペクト）にしている女」を否定してはいけないのだ。

だが、自分に合わない、無理だと思ったことを無理にやることはない、髪を伸ばしてスカートを穿くより、初デートでノーパン、逆にパンイチで行くほうが自分の性にあっているという場合はそっちのモテ術を実践したほうがいいだろう。

ただ一つ言えるのは、全てのモテ術、モテるアドバイスに対し「ツッコミ野郎」は絶対モテない。

本書で言うと、魅力的な女になれと言われれば「なれるぐらいならもうなってるわ」と言い、デートの誘いはこちらからせず、電話は必ず自分から切るようにすれば、彼はもっとあなたに夢中になると言われれば「それもう、相手に惚れられてる状態じゃね？　まずそこまで行く方法を教えろよ」と逐一ツッコミをいれていき、最終的にその本に書かれていることがいかに無理かを、証明することに全力を尽くしはじめる女はモテない。

これは恋愛だけではない、助言を求められたので、アドバイスをしたら、相手はそのアドバイスを全否定、すでに自分の中で決めている答えがいかに正しいかを語りだし、最終的に、こちらのアドバイスがどれだけ無理で間違ったことか論破することに相手が命をかけはじめた、という経験がないだろうか。

これはモテない。

しかし、モテない奴がモテ本を読むと、そういう状態に陥りやすいのだ。

今の自分じゃモテないとわかっているのに「自分を変えろ」と言われると「簡単に言うな」とか「ありのままでー！」といきなり氷の城で絶唱しはじめるのである。

最初に言ったがやはり素直さである。

「自分を変えろ」と言われたら「うんわかった！」と、翌日高須クリニックの門を両拳で叩くぐらい素直でいいのだ。

しかし、この本の流れは、はっきりいってそういうモテ術に対し、ツッコミをいれることである。

それを素直に「いい方法ですね」「さすがです」「明日からやります」と全部受け入れていたら仕事にならない。

つまり「こんな本を書いているうちはモテない」ということである。

第2回
小中学生からモテをやり直したい

生まれ直すことはできない、が……

今回は、まだ辛うじて記憶がある「JSのモテ術」について研究していこうと思う。「JS」、ジャックスパロウのことではない、それではジャックスパロウのモテ術になってしまう、モテそうだが常人にはマネできそうにない。

女子小学生のことだ。前回、今更女子小学生のモテ術を勉強してもな、とノータッチだったが、よく考えれば私もJSだったころがあったのだ。さすがに最終学歴「幼卒」とかではない。

小学生には戻れないが、そこから失敗しているなら、失敗原因に向き合うべきだろう。

担当によると、JSモテ雑誌には「**かくれんぼで差をつけろ！**」など、パワーに満ち溢れたモテテクが掲載されているそうだ。

30年弱前、私が側溝に真横になってかくれている間、差をつけられていたというのか、全然気づかなかった。これはモテないはずだ。

というわけで、まず女子小中学生向けファッション誌を見てみることにした。

他でもない、新潮社もローティーン向けファッション誌を発行している、「nicola（ニコラ）」という雑誌だ。

もちろん知らなかった雑誌だが、創刊は一九九七年と結構昔だ。

24年前と言えば私も現役ＪＣである。

そのころ私が何を読んでいたかと言うと、おそらく「ドラクエ４コマ劇場」とかだ、やはりこの時点で埋めきれぬ差がある。

よく、男より女の方が成長が早く、女子が化粧やファッション、恋愛に興味を持ち始めるころ、男子はまだウンコで爆笑している、というが、これは少し違う。女子の中にも差があるのだ、男子と同じぐらいウンコで爆笑している女や、男子が笑うのをやめてもまだ笑い続け、結局一生ウンコに笑い続けるだけの女だっているのだ。そしてそれがモテない女である。

当然、この雑誌、読むのは女子小中学生だが、作っているのは大人だ、そして編集者によれば父親勢には不評だという。

雑誌の出来云々ではなく、おそらく「娘には読んで欲しくない」のだろう。

だがこれは、モテ＝ビッチ、と思っているからであり、さらにそれは自分自身に「モテたい＝ヤリたい」だという発想が少なからずあるということに他ならない。

よく女がモテようとすると、脊髄反射で、ビッチ、アバズレ、ヤリマン、ズベ公と怒り出す人がいるが、それはネガティブすぎる発想だ。

モテるというのは、人気がある、つまり多くの人に優しくされるということである、人に優しくされて育つのと、邪険にされて育つのとでは、どっちが真っ直ぐ育つだろうか、子どもというまだ柔らかい状態のときに打たれれば、強くなるより曲がる確率の方が高いだろう。

それを、小中学から彼氏とか作られたら寂しいし、ズべられたら困るので、娘には地味な、もしくは、勉強とか部活とかそういうものに力を入れる、模範的青春を送って欲しいと思うのは親のエゴだろう。

モテるとズべるは違う、そもそもズべらないように教育するのは親の仕事だ。

よって、本人が興味ないのにこういう雑誌を無理に読ませるのは良くないが、本人が読んでいるのを「こんなもの読むな」と取り上げるのはおかしい。女の子なんだから、ロボットやアリの巣、ガン＝カタなんかに興味を持たず、人形で遊べといっているのと変わらない。

そして大人になってやっとクラリック・ガンを買ったら今度は「彼氏の影響ｗｗｗ」とか言われるのだ、憤懣やるかたない。

煙草など子どもが触れるべきでないもの以外なら、幼少時から、本人が興味のあることをやらせるのが一番なのだ。

そう自らを納得させ「ニコラ」の表紙を開くと、そこには、それは真っ赤な紅を引いた中学生たちがいた。

なんとなく親父が見せたがらない理由はわかった。

ためにしかならないＪＳパイセンの教え

確かに服装はまだ、オシャレだがローティーン向けで、カクテルドレスに網タイツとかはなかった。

しかし化粧に関しては、完全に大人と同じぐらいしており「子どもらしさ」などという、大人を喜ばせるためだけのクソフレーズ、うちらに用はない、といわんばかりである。

しかし、ポニーテールが男子の劣情を煽るから禁止とされてしまうポイズンな世の中だ、その色のルージュを許す小中学校はないだろう。

だが小中学の男子が、君の唇はまるで今にも落ちそうな椿の花のようだね、と明治の文豪が言いだしそうな紅を引いたクラスメートに、興味を抱くだろうか。

引く方が多いのではないだろうか。

だがそれは関係ないのだ。

そう「ニコラ」は「モテ」、もっと言えば「男子ウケ」をそこまで意識していないのである。

確かに恋バナや男子の話もあるが、わずかだ、あくまで、いかに自分がオシャレをするか、好きな格好をするかに重点が置

いてある。

男子の気を引ける、オシャレなデコ牛乳の蓋メンコの作り方とか、モテテクについてはあまり記載されていない。

あくまで己を高めるのが目的、という、割とストイックな雑誌だった。

「うちらが男子にちやほやされるためにオシャレしてると思ってんの」というCV櫻井孝宏なJSパイセンの声が聞こえる。これはBBBBB（BBクリームしか塗らないブスババア）の分際で失礼つかまつったという感じだ。

しかしこのように小学生のころから「自分のためにオシャレしたい」と思っているJSパイセンがいるなら「モテるためにオシャレしたい」と思っているパイセンだって必ず存在するはずだ、だったらこれはそういう本なので、そっちのパイセンにご教授願いたい。

そこで登場いただくのが、少女漫画誌「ちゃお」の付録の手帳だ。

この手帳「モテ子」になるための情報満載ということで話題になったそうだ。

つまりJSのときにこの手帳さえ手に入れていればモテていたはずなのだ、入手するのが四半世紀ほど遅かったのが悔やまれるが今からでも遅くないはずだ。

基本スケジュール帳なのだが、確かに合間合間に、モテるためのテクニックが書かれている。その中に「モテ子になるための3つの極意」が書かれていた。
①「明るく元気」
なんだそれは「二兆円持っていればモテる」みたいな話ではないか、所詮子どもだまし

か、しかし次で少々風向きが変わった。

②「自分を捨てる」

ヒュー、と息が漏れた。

小学生と言ったら、まだ自分というものを形成している段階なのではないか、自己を確立する前から、己を捨てろという、鉄の教え、未だに自分探しの旅に飛んでいってしまう三十女を猟銃で撃ち落とすお言葉だ。

ちなみに**③は「聞き上手になる」**だ。

これは、②が強すぎるため、当たり障りのない物で挟むという、エロ本を学術書で挟むテクニックなのではないだろうか。

しかし、よくよく読むと、これは男ではなく女、「友モテ」するための極意であり「自分を捨てる」というのは、自分らしさとかなくせ、という意味ではなく「あえて変顔をするなど、道化を演じて面白い子アピールをしろ」ということらしい。

余計闇が深くなった気もするが、これはリアルだ。

小学校生活において、男子には好かれているが女子には嫌われている、というのは普通に地獄である。

胆嚢はたくさん持っているが心臓はない、みたいな話であり、すなわち死だ。

つまり、「男子にモテる」「女子にも好かれる」「両方」やらなくっちゃあならないってのが「モテ子」のつらいところだな。覚悟はいいか？　オレはできてる。

というブチャラティの如き任務を遂行しなければいけないのが、JSのモテなのだ、ある意味、大人のモテよりシビアかもしれない。

そして肝心の男子モテのテクニックだが、いきなり真理が書かれていた。

「男子モテは計算と気合！」

そうだ、モテは計算なのだ、それをまだ素直なJS時代に教えてくれる人がいたら、モテテクに対し「あざとい」とか「自分らしさをなくしたくない」などとイチイチ反抗する、クソリプおばさんにはならなかったのかもしれない。

ではJSがする男子にモテるための「計算」とはどのようなものだろうか。

やっぱり「ちゃお」は凄かった

性格面については「明るく、元気、優しい」など「まず石油を掘り当てましょう」みたいなことが書いてあるのでそこは置いておく。

特筆すべきはファッションである。

まず化粧をしろとは一切書いていない、そして、女の子らしい可愛い服装を推してはいるものの、動きやすい服、さらに「汚れてもいい服」を着ろと書いてある。

おそらく「ニコラ」には汚れてもいい服は一着も載っていなかったし、それ以前にフルメイクだった。

この差は何かというとちゃおはあくまで「一般の男子小学生と遊ぶ」ことを前提としているからだ。逆に「ニコラ」は、ウンコで腹を捩《よじ》れさせているDS（男子小学生）のことなど全く視野に入れていない、あくまで自己の満足、もしくはもっと大人の男を狙っているといえるが、JSに手を出す大人の男は法律的にだめなので、やはり自分のためのファッションなのだ。

「汚れてもいい服」に関しては、汚れて気にするようでは「じゃあ最初から着てくんなし」と思われると書かれている。完全にDS目線のチョイスなのである。

確かに、公園にピアノの発表会かよというような衣装で、熟れた柘榴《ざくろ》のような唇をしてくる女が男子小学生ウケするわけがない。

単純なテクニックのようだが、JS時から大人になっても重要な「男目線」を意識させるという英才教育である。

むしろこの自分を「他人目線」で見られない、というのが大きなモテない原因のひとつだ。

何故私が、すっぴんに口ひげをたくわえ、部屋着か寝巻きか判然としない、周りに男どころか生物が一切存在していないとでも思っているが如き格好で外に出られてしまうかというと、誰も自分を見ていないと思っているからだ。

確かに興味を持って見る奴はいないだろう、しかし、モザイ

クがかかっていたり、格付けチェックの「映す価値なし」のように消えていればいいが、物質として存在する以上は誰かの視界に入っているのだ。

それを理解せず、合コンとかそういう場だけ取り繕ったり、またそこでも合コンに来た男目線ではなく「俺が考えた最強の合コンファッション」で行ってしまうからダメなのだ。

ちゃおが男子小学生から見たイケてるファッションを紹介したように「誰にどう見せたいか」を考えるのは非常に重要なことである。

さらに、ちゃおは話術についても解説している、「男を喜ばせるトーク術」だ。

これは「合コンさしすせそ」に似ている。「さすがー」「知らなかったー」「すごーい」「拙僧、山伏国広と申す」「そうなんだー」である。

ツイッター情報によると「せ」は正しくは「拙者、石川五右衛門と申す」らしいが、せっかくなので「自分らしさ」を取り入れてみた。

これさえ言っておけば大体の男は上機嫌になるというわけだ。

女を舐める発言をすると大炎上する昨今だが、男もいい加減ベロベロに舐められている。だがちゃおパイセンはもう一歩踏み込み「男子のタイプ別話術」を紹介している。

まずスポーツ系男子相手には、持ち上げるのではなく「負けないんだから！」とライバルとして振舞うのが距離を縮めるコツなのだそうだ、確かに、まだ男女の身体差がそれほどない小学生ならではのモテ術である。

逆に、頭の良い文化系男子相手には、勉強のライバルにはなってはいけない、「バカのフリをして」勉強を教えてもらい、伝家の宝刀「すごーい！」を抜いてやればいい、とのことだ。

最後に可愛い系男子。

小学生の時、可愛い系男子というのはいじられ対象になりがちだ、そういう相手に対しては「私は君のやさしい所わかってる」と、お姉さん的理解者として振舞うのが良し、とのことである。

なるほど。

なるほどではないが、マジでなるほどとしか言いようがない。

確かにやみくもに「さしすせそ」してたら「てめえはＢＯＴか」と言われてしまう、相手によって使い分けが必要である。

大の大人の女が低性能ファービーのごとく「すごーい」を連発している間、ＪＳパイセンは先をいっているのだ。

最後にＪＳ、ＪＣ向けではないが「圧倒的モテだ」と担当が言っていた「Seventeen」という雑誌を読んでみた。

まずモテる自転車の選び方が書かれていた。

諸君は今まで「モテ」という基準でチャリを選んだことがあるだろうか。

まさに「いついかなる時も男に見られているということを忘れるな」の精神である。

見た目の可愛さも重要だが「男の前で坂道を必死こいて立ちこぎするような無様な姿を

晒すな」と、こぎやすさも重視している。

なんだか逆に、大和撫子を育成する雑誌に見えてきた。

そしてメイクページのキャッチコピーに全ての答えが書いてある。

「〝ありのまま〟がかわいく見える計算ずくのナチュモテ顔、完成♡」

これだ。

結局、ありのままでモテたいなど寝言なのだ、モテるために、ありのままに見せる計算をするのだ。

ジャンプが「努力・友情・勝利」なようにモテとは「**計算・努力・優勝**」なのである。

第3回 EXILEに学ぼう

最強のモテ集団・EXILEさん

「色々と考えまして、これはもう、実際のモテ集団を直視して考察していくのがよいのではないかと思いました」

担当からのメールである。この連載もうそんなに後がない感じになっているのか。まだ三回ぐらいしかやってない気がするのに、背水の奴も来るのが早すぎる、暇なのか。暇だと思われると安く見られてモテから遠ざかる、メールやLINEの返事もすぐするべきではない、自分は引く手あまたで忙しいのだ、とアピールすれば男は自ずとお前に興味を持つ、と一回目で取り上げたババアも言っていた気がする。

だから背水も、あと二、三回は待て、そんな落ち着きがないことではモテない。

こんな、本で得た知識を完コピで言っている奴がモテるわけがない、背水がソワソワして、立ったり座ったり、部屋の中をウロウロしてしまうのもわかる。

これは本気で思い切ったテーマでM字回復を図るしかないだろう。

「なので、カレー沢先生にはまず、エグザイルを見つめ直していただきたいと思います。取り急ぎ、ハイ&ローの映画DVDをお送りさせていただきます」

モテがわからないアラサー女が「モテっつったらやっぱエグザイルじゃないっすかね？」と実はもうアラフォー寄りになっているモテを知らない女に「ハイ&ロー」を送る。

もはや、微笑ましい。

これにはこちらも「俺はほのぼのしてきちまったぜ、琥珀《こはく》さん」と、唯一のハイロー知識で応戦するしかない。

まずカタカナで「エグザイル」と表記している時点で担当のその分野に対する知見のなさが窺える、おそらくスペルに一ミリも自信が持てないからだろう、漢字がわからない時は、間違うぐらいならひらがなで書け戦法である。

かく言う私も全く自信がない、「ＥＧＵＺＡＩＬ」とか明らかに文字数が多い新ユニットが爆誕してしまう。

正しくは「ＥＸＩＬＥ」だ。Ｘだけで「グザ」はＸに対して荷が重過ぎないか、そんなのわかるわけがない、初見殺し過ぎる。

このように担当もだろうが、私もＥＸＩＬＥについては全く知識がない、正直チューチュートレイン止まりだ。

駆け出して飛び乗ったは良いが、ときめきを運ぶ前に終点についてしまっている。

だがもちろん、知らな過ぎるだけでＥＸＩＬＥが嫌いなわけではない、逆に好きでも嫌いでもない方を呼び捨てにするというのは、凄まじく居心地が悪い、できればＥＸＩＬＥさんと他人行儀に呼びたい。

しかし、好き嫌い以前に無意識に「避けていた」という可能性はゼロではない。「聞いたことないけど、大衆が好む音楽でしょ、自分向けじゃないわ」と。

これだ。オタクや非リア充は自分たちはリア充に差別されている、と思い込んでいるが、まず自分たちの方が選民思想の権化であり、むしろリア充の方が漫画やアニメなどでも「おもしろそう」と思ったことには、なんの偏見も躊躇もなく足を踏み入れようとするのだ。

だがそういう、入ってみようとするリア充を、オタクが「ココハキサマノクルベキトコロデハナイ」と森の長老顔で追い返したり「ニワカ」「ワカッテナイ」という雄たけびを上げながら集団で襲い掛かったりしているのである。

おそらく「HiGH & LOW」に出てくるどのチームよりも野蛮である。

確かにEXILEさんも、レコ大獲り過ぎて永久追放になったとか、乱獲集団かよ、というようなワルなエピソードには事欠かない。EXILEにワル、不良っぽい雰囲気があることは否めない、しかしそれは、あくまで雰囲気である。

EXILEさんがこれだけ長く国民的な人気を得ているところを見ると、悪はダメだが「ワルっぽさ」にはそれだけ大きな需要があるということがわかる。

黒のロングヘアに白のワンピースを着た美少女が童貞が考えた最強の女なら、ワルに憧れる男や、ワルな男に魅かれる女が考えた最強のワル像が、EXILE、そして「HiGH & LOW」なのではないだろうか。

だが正直、そこからモテる方法、ましてや女がモテる術がわかるとは到底思えない。

よってただの、だが渾身の「HiGH & LOW」レビューの始まりだ。

今こそ観るのだ、「HiGH & LOW」を

さて「HiGH & LOW」だが、前項で言ったとおり「琥珀さん」以外の知識はない。

それもツイッターのTL上でフォローしている人が「どうしちまったんですか琥珀さん！」「どういうことっすか琥珀さん！」と連呼していたからだ。

つまり、琥珀さんのことすら文字でしか知らないのだ。

よって「HiGH & LOW」は琥珀さんという人がどうにかしちまった話という認識しかない。

あとはコンビニで見かける「HiGH & LOW」のポスターぐらいだ、それも映っている人数が多いので、どれが琥珀さんか断定できず、「この中の誰かが、どうにかしちまったのか」とさらにイメージが漠然とするばかりであった。

ただ「赤・黒・金（ゴールド）」という下ネタかよ、というぐらい直球な配色のポスターに、所謂「ワルっぽい」人たちがたくさんいるという構図だったため、なんとなく「クローズ」みたいなものを想像していた。

その「クローズ」さえ見たことがないのだが、クローズより

高年齢の不良がケンカをするというイメージである。

「高年齢不良」、「中年童貞」や「下流老人」に匹敵するマイナスパワーワードだが、フィクションと現実のかっこよさというのはそもそも違うのだ。

乙女ゲーだって大別すると、ヤンキーとヤリチンとメンヘラしか出てこない。

現実だったら、目を合わせるな、親指を隠せ、と言われるような精鋭ぞろいだが、ゲームの中ではそれが良いと思えるのだ。

よってフィクションの登場人物に「ところでコイツ年金とか払ってんの？」などと思うのは野暮である。

つまり、年金を払ってなさそうな奴しか出てこないのが「HiGH & LOW」である。

ちなみに今回私が見たのは、映画第一作目になる「HiGH & LOW THE MOVIE」と第二作目かつスピンオフにあたる「HiGH & LOW THE RED RAIN」のみである。

その前にテレビドラマシリーズがあり、その後も映画第三作目、四作目、最新は六作目があるようなので、これだけで「HiGH & LOW」全てを知ったとはとても言えず、それこそオタクが鬼の首を取ったように言う「ニワカ」であり、解釈が甘かったり設定理解に齟齬《そご》があるかもしれないが、そこはご容赦いただけると幸いだ。

ともかく「琥珀さんがとちくるった」という知識のみで見始めたが、本当に一言で言うと琥珀さんがどうにかしちまう話だった。

そして二言で言うと「どうにかしちまった琥珀さんをみんなでどうにかする話」だ。

モテの参考にはならないだろう、と言ったが早くも前言撤回だ。

この琥珀さんこそが、我々の目指す、ゆるふわ愛されモテガールの最終形態ではないか。

もちろん琥珀さんはゆるくもふわくも、ガールですらなく、ビジュアルだけで言うとかなりのキツガチボーイだが「愛され」の部分が凄まじすぎるので、トータルで、ゆるふわ愛されモテガールと言っても過言ではない。

登場人物ほぼ全員が、愛憎含めとにかく琥珀さんのことを放っておけない。

敵方ですら、何故か事を成すのに琥珀さんを通そうとする。

明らかな迂回、むしろ琥珀さん抜きの方が上手くいったのでは、と思わないでもないが、もはやこの世界において「琥珀さん抜き」というのは「カレーライス、ルー、米、皿抜き」みたいなもので、つまり「虚無」であり「サクセスしたとは言えない」ということなのだろう。

惜しむべきは、この「HiGH & LOW THE MOVIE」の琥珀さんはすでに、逆ハーレム漫画のヒロイン兼ラスボスというピンクのデスピサロ状態なため「なぜそうなれたのか」は、詳しく描かれていない、モテを追求するならやはりテレビシリーズから見た方が良かったかもしれない、だが見たからといってその理由がわかるかは不明だ、何故ならフィクションの愛されガールというのは、常に理由不明のまま愛されているものである。

「HiGH & LOW THE MOVIE」が「第一回琥珀争奪戦、暴力もあるよ」が主題なのはわかった、だがその前に、そもそも「HiGH & LOW」のストーリー、世界観はどのようなものなのだろうか。

DVDについていたあらすじ本によると、その昔、地域を支配する「MUGEN」と呼ばれるチームがあり（その創始者の一人が琥珀さん）圧倒的勢力を誇っていたが、そのMUGENに屈することなく互角に戦う「雨宮兄弟」などが現れた後、色々あって「MUGEN」は解散。

その後「山王連合会」「White Rascals」「鬼邪《おや》高校」「RUDE BOYS」「達磨一家」という五つのチームが頭角を現し、その地域一帯は各チームの頭文字を取って「S. W. O. R. D. 地区」と呼ばれるようになった、とのことだ。

つまりギャングチームたちの抗争や友情他、を描いた作品ということだろう。

ストーリー自体は当初の予想と大きく外れていなかったが、世界観についてはかなり違ってた。

まず冒頭三分で「割と北斗」と思った、何せスラム街が燃えているところから始まるのだから仕方がない。

文明が一回滅んだり核戦争は起こってなさそうだが「何かあっただろう」という微妙に荒廃した世界なのである、現代以上、マッドマックス未満という感じだ。

現代日本にもスラム街はあると思うが、それは半裸、調子が良い時は全裸のジジイがノーヘルで原付に乗っているタイプだと思う。

「HiGH & LOW」の世界は、荒廃しつつも異国の雰囲気もあり、雑多だがオシャレ、あまり良い言いかたではないが「男子が憧れるスラム像」という感じがする。

これと似た世界観を昔見たことがある。GACKTさん主演の映画「MOON CHILD」だ。

GACKTさんが目指したものをEXILEさんが完成させた。

謎の感慨で、開始五分で胸がいっぱいになった。

ゆるふわ愛されモテガール最終形態・琥珀さん

「MUGEN」解散後「山王連合会」「White Rascals」「鬼邪高校」「RUDE BOYS」「達磨一家」という五つのチームが頭角を現し、その地域一帯は各チームの頭文字を取って「S. W. O. R. D. 地区」と呼ばれるようになった。

これが何を意味するかわかるか。

頭文字が「SEXY」や「DMM. COM」とかだったらどうしたのか？　という点ではない。

「登場人物が信じられないほど多い」ということだ。

なんとチームは「S. W. O. R. D.」だけではないし、それも一グループに少なくとも二、三人以上所属しているため、自ず

と数が膨大になる。T.M.Revolution形式のチームはいない。

しかし「HiGH & LOW」のすごいところは全チーム個性的で、全メンバーキャラが立っているところである。

「HiGH & LOW THE MOVIE」では私のように何もわかっていないハイデルベルク原人のために、オープニングのあと、今までの簡単なあらすじと主要チームの紹介がある。

どのチームも濃いため、真面目に紹介していたら、琥珀さんにどうかしちまう隙も与えず映画が終わってしまうためか、非常に簡単な紹介なのだが、そのせいで次から次へと、個性爆発人間たちが、画面に現れては消えていき、終わる頃には「東京生まれ、ヒップホップ育ち、悪そうな奴は大体出ました」という感じになる、だが、どのチームもかぶりがないのだ。

ワル属性という縛りで、これだけかぶらないチームやキャラクターを作るというのは素直にすごい。

そして、これだけ、毛色の違うメンズチームを見せられるとオタクの習性として初見段階で推しチーム、そして推しキャラを作りたくなってしまう。

このように一見、リア充によるリア充の為の映画に見えて、意外なほどオタクとの親和性が高いコンテンツなのである。

私のTLでうわ言のように「琥珀さん！」「どうしちまったんだよ琥珀さん！」と言っている人が現れたのもよく考えたら、キンプリを見た人が「キンプリはいいぞ」「ケツからはちみつ」しか言わなくなった現象と同じである。

しかし、そうは言っても登場人物が多い、さすがに一発で「今のは、誘惑の白き悪魔White Rascals のENARI だな……」というところまではいけない。

またなんとなく覚えたのに「でかいグラサンをかけられるとお手上げ」という場面が二回ぐらいあった。

さすが、ワル系リア充のマストアイテム、でかいグラサン、俺たちに厳しい、オタクと親和性があると言ったがこういうところは厳しい。

よって、二回見た、大事なことは二回、これが基本だ。しかしこれだけキャラが多いにもかかわらず、二回目で主要キャラや関係性、ストーリーも大体わかった。

ただ一つ、映画だけを何万回見ようとわからない点がある。

琥珀さんがどうにかしちまったのはわかったが、どっからどうしちまったか、がわからない。

当然だ、映画にはどうにかしちまった琥珀さんしか出てこないのだ、ビフォアアフターのアフターのみである。

回想として「キレイな琥珀さん」がチョイチョイ出てくるのだが、その物量に対し元仲間たちの嘆きがあまりにも酷い「どうしちまったんだよ琥珀さん！」「どうしてわかってくれないんすか琥珀さん！」一体どんだけ、どうしちまったのか。

尊敬する父親に女装癖があってもこんなには嘆かない、むしろそれは個々の趣味なので嘆く方がおかしい。

他のキャラクターも全員魅力的である、個人的には「White Rascals の ROCKY」や「鬼邪高校の轟《とどろき》」あたりに「君たちのこともっと知りたいな」と早くも気持ち悪い感情を抱き始めている。

だがそれより先に、琥珀さんのことをもっと知らなくてはこの「HiGH & LOW THE MOVIE」が、何でこの女にそんなに愛されてるのかさっぱり腑に落ちないクソ逆ハーアニメになってしまう。自分の無知のせいでそうなってしまうのはあまりにももったいない。

まず、「琥珀」というのは本名ではないらしい、いきなり衝撃の事実だ。

今更だが、琥珀さんを演じるのはEXILEのAKIRAさんである。

AKIRAさんは身長が一八四センチもあり、男らしい顔のイケメン、さらに「HiGH & LOW THE MOVIE」では、ヒゲ短髪、相当の宇崎竜童か「違う、そうじゃない」時の鈴木雅之なのだ。

こんな風体の人が本名以外で「琥珀」と呼ばれる理由など何一つ見つからないのだが、ちゃんとワケがある。

中学時代のケンカで瓶の破片が左目に刺さり、それ以来琥珀色の義眼をしているため「琥珀」と呼ばれだしたのだ。

ちゃんとしてるかはわからないが、理由はあった、確かに作中琥珀さんの左目が怪しく光るシーンが何回かあったので「もしかして異能力バトルものなのか」と身構えたが、あれは義眼だからのようである。

しかし、その義眼明らかに青いのだ。

「HiGH & LOW THE MOVIE」の製作に何人、関わっているかはわからないが、三人以下ということはないだろう。

三人なら全員が「琥珀＝青」という勘違いもやむなしかもしれないが、「HiGH & LOW」規模でそれはないだろう、つまり確信犯だ。

しかし、何かを犯す、つまりファックしてまでそうした意味がさっぱりわからない。

しかも、仲間内ならわかるが、敵対するチーム含め、全員が琥珀さんのことを琥珀、つまり愛称で呼ぶのである。

想像してみてくれ、学校の全男子からニックネームで呼ばれている女子がいたらどうか、もう「姫」以外の何者でもないだろう。

やはり琥珀さんは我々が目指すものの究極形だ。それも周りはほとんどＥＸＩＬＥという高スペック男子の姫だ。

オタサーの姫など、結局、他に女がいない場で、低スペック男子にちやほやされているにすぎない、ホンモノの姫を目指すならまず「HiGH & LOW」の琥珀さんを手本にすべきだ。

第4回 琥珀さんに学ぼう

そもそも琥珀さんはモテていたのか？

前回「モテと言ったらエグザイルではないか」という、モテない奴にしか出来ない発想によりエグザイル劇場こと「HiGH & LOW」を鑑賞した。

そして「HiGH & LOW THE MOVIE」内におけるAKIRA扮する「琥珀さん」のあまりの「エグザイルの姫」っぷりに「モテについて大切なことは全て琥珀さんが教えてくれるのでは」とわかった瞬間、ページが尽きたので、今回も引き続き「HiGH & LOW」及び琥珀さんからモテを学んでいきたい。

前回の「HiGH & LOW モテ考」が今までの中では反響があったので、やはり「HiGH & LOW＝エグザイル＝琥珀さん＝モテ」という方程式は間違いではなかった、と確信したが、一方で「俺は詳しいんだ」という有識者の方から、間違いを指摘する声もあった。

「琥珀」という呼び名は「琥珀色の義眼」を使っていることが由来、と書いたが、なんと義眼になる前（小学生）から琥珀さんは琥珀さんと呼ばれていたという。

まさかの「琥珀先行」。

そして、なんでそう呼ばれていたかは、未だに謎だという。

どういうことだ。「義眼の色」という割とナイーヴな部分をあだ名にしてしまう、という時点でみんなデリカシーが皆無すぎないか、と思ったが、それ以前の話だったようだ。

しかし、みなさん、小学生時代に周りに「琥珀」というあだ名の男子がいただろうか。我々がウンコで大爆笑している時期、琥珀さんはすでに何の意味もなく琥珀と呼ばれていたのである。

また、義眼の色はどうみても青いのに、なぜ琥珀と言うのか、という点に関しても「青い琥珀もある」という訂正が入った、だがそれにしても琥珀と言ったら茶色のイメージだろう。もはや琥珀さんは琥珀さんと呼ばれないと死ぬ病気としか思えない。

このように呼び名一つだけでここまで議論の余地がある人なのだ。

「HiGH & LOW」には他にも魅力的なキャラが多数登場するが、ツッコミどころに関してはやはり琥珀さんが群を抜いている。

他キャラが一億TKD（ツッコミどころ）だとしたら琥珀さんは五〇〇〇兆TKDぐらいある。

このように「HiGH & LOW」は末期ドラゴンボールぐらいツッコミ値がインフレを起こしているのだが、ここで言うツッコミどころが多い、というのは「作りが甘い」という意味ではない。

なぜなら優れたクリエーターは、必ずツッコミどころを作る、という。完璧すぎて議論の余地がない、というのは、話題にすらならない、ということである、「HiGH & LOW」はそういう、よいツッコミどころが満載なのだ、応援上映が盛り上がるのも頷ける。

そして、そのツッコミどころの多さ、そして「完璧じゃなさ」こそが琥珀さんのモテの秘訣ではないだろうか。

人間、非の打ち所がなければモテるというわけではない、近寄り難いと思われることもあるし、比べたり比べられたりするのが嫌だから一緒にいたくないと思う者も多いだろう。

完璧すぎると逆にモテから遠ざかるのである。

そして寄ってくるのは、スペックしか見ていない人間という、モテてさらに幸せになる、という目的の対極へ行ってしまう恐れすらある。

「HiGH & LOW THE MOVIE」は前回言った通り「どうにかした琥珀さんをみんなでどうにかしにいく話」であり、琥珀さんという姫を男全員が落としに（本当に作中で琥珀を落とすという表現がされている）かかる「逆乙女ゲー」という画期的システムだったわけだが。

「HiGH & LOW THE MOVIE」では、最初からどうにかした後の琥珀さんが出てくるため、何故彼がこんな「ピーチ姫兼クッパ」みたいな状態になっているのか、どうしてそんな地位が得られたのかが当初わからなかったが、それまでの経緯を知るとなんとなくわかる。

まず、琥珀さんは基本的にはすごい人なのだ。

その昔、そこら辺を仕切っていた伝説のチーム「ＭＵＧＥＮ」の創始者の一人であり、実質のヘッドと言ってよい人だった。

「そこら辺」と言うのは「俺が考えた最強の裏渋谷以上世紀末未満」を想像してもらえれば大体あっている。

もちろんケンカが強く、義理人情にも厚く仲間思い、そしてEXILEのAKIRAだ。「HiGH & LOW THE MOVIE」でアレだけかつての仲間が「どうしちまったんですか琥珀さん！」と嘆き悲しんでいたのは、この時の琥珀さんがあるからだ。

しかし琥珀さんがずっと、強くてカリスマ性があり、何にも屈しない琥珀さんではストーリーが成り立たない。

端的に言うと「モテてなかった」と思う。

琥珀さんという男

まず琥珀さんは、**いじめられっ子だった**のである。

「琥珀！」「琥珀！」といじめられていたそうだ。

これは、あだ名が琥珀だからいじめられていたのか、いじめられる過程で琥珀というあだ名が誕生したのか、またしても卵が先か鶏が先かに通ずる哲学的琥珀問題に発展してしまうので、ここはもうスルーするが、とにかく、そこら辺を仕切る伝説のグループの頭は昔いじめられっ子だったのだ。

そこで、龍也という親友や仲間と出会い、バイクという趣味を通じレーシングチーム「MUGEN」が結成される。そう、

そこら辺を仕切る伝説のチームは、当初楽しいツーリングサークルだったのだ。

しばらくは実際楽しかったのだが、琥珀さんにはいじめられっ子という過去がある、故に強く仲間思いでありながら、孤独を恐れ、仲間に執着するという一面もあったのである。

この時点でギャップ萌えという基本事項は押さえているわけだが、そもそも「モテたい」と思うのは「他人を必要としている」ことに他ならない。その思いが強すぎる琥珀さんがモテてしまうのは必然と言っていいだろう。

どんなに魅力的でも他人に「あっ俺、こいつに必要とされてねえ」「こいつ一人でも大丈夫じゃん」と思われたら、試合（モテ）は終了なのである。

その点琥珀さんは、魅力がありながらメチャクチャ他人を必要としている、これはモテないわけがない。

つまりモテたいなら「あたしは一人でも平気」みたいな空気は絶対出すなということである。ただ、それは強がりで本当は寂しがりやなところが透けて見えているというならさらに高ポイントかもしれないが、フィクションならまだしも現実では、そこまで読んでくれる人がそうそういるとは思えない、ジーパンの上からパンツが透けて見えるぐらい高難易度なので、初心者にはお勧めできないだろう。

ともかく「MUGEN」でしばらく楽しかったのだが、やはり永遠に皆で「MUGEN ROAD」を走っているわけにもいかず、年金のこととか考える奴が出始めたかはわからないが、親友の龍也は夢だった洋食屋を開くためにMUGENを脱退、と、徐々に

ＭＵＧＥＮを離れるものが出てきたのである。

ちなみにこの洋食屋「ＩＴＯＫＡＮ」という名前であり、映画版で看板を見たときから、変わった名前だと思っていたのだが、それには、「一斗缶みてぇにあったけぇ場所」にしたいというコンセプトがあったらしく、看板を作ったメンバーの一人が「ＩＴＴＯＫＡＮ」のスペルを間違えたため「ＩＴＯＫＡＮ」になった、という絆パワー炸裂の逸話がある。

まず、一斗缶はあったけぇもの、という発想に至る人生の重みが違う、このように決して良い生い立ちばかりではない者たちが支えあっていたのがＭＵＧＥＮというチームである。

そんな仲間たちの門出を喜びながらも、仲間が自分の元を去っていくことにかつての孤独感が蘇り、琥珀さんは少しずつ暴走していくのである。

このように、強く優しいが、脆《もろ》いところがあったり、永遠に仲間と「ＭＵＧＥＮ ＲＯＡＤ」を走っていたいという顔が明らかに三十越えてるのに異常な青臭さがあったりと、非常に人間臭いのが琥珀さんなのである。

そして、この「人間臭」こそが、モテの秘訣ではないか。

誰だって得体の知れない生き物に近づくのは勇気がいるだろう、だが「なんだ同じ人間じゃないか」と思わせれば、安心して近づいてくるのである。

で、いろいろあって龍也が車に轢《ひ》かれて死んだ。

ここで琥珀さんは、一度完全に闇落ちしてしまう。

つまりこの時の琥珀さんが「HiGH & LOW THE MOVIE」に出てきた琥珀さんである。

やはりどうにかするにも色々事情があったのだ。

そして、どうにかした琥珀さんをみんなでどうにかする、という映画に繋がっていくのだが「どうにかする」と言っても、琥珀さんをぶっ殺して事件を解決させようと思っていた奴は多分いなかったと思う。

その場にいた多くの人間が、昔の琥珀さんを知っていただけに「目を覚まさせる」という意で「どうにかしよう」と動いていたのだと思う。

「俺がどうにかしてやんないと」

そう人に思わせ、実際に動かす力、これがモテでなく何がモテだというのか。

琥珀さんはエキストラを合わせると一〇〇〇人規模で、そう思わせ行動させていたのである、モテすぎている。

やはり我々は琥珀さんに学ぶべきなのだ

一項めに「ツッコミどころがある」のは良いこと、と書いた。つまり議論や、考察の余地がある方が人はより強く興味を持つのである。

そして考察を重ねるうちに「〇〇を一番理解しているのは自分」という自負が生まれてきて、他の考察者に対抗意識を持つようになる。

つまり、モテと言うのは「みんなのアイドル」ではダメなのだ。

少なくとも全員が「俺が一番のファン」と思っていなければモテてると言えない。

その点を琥珀さんは完全にクリアしている。

「HiGH & LOW THE MOVIE」というのは、正月にふんどしの男たちが木の玉を取りあい、取った奴がその年の年男みたいな祭のようなものであり、その玉こそが琥珀さんだったのではないか。だからこそ「落とす」という表現だったのではないだろうか。

だとしたら、その場にいた男は全員「協力してとりましょう」ではなく「俺がとる」と思っていたはずである、共闘しつつも全員琥珀さんを落とすライバルだったのだ。

ツッコミどころが五〇〇〇兆個ある琥珀さんなので「俺が一番琥珀さんのことをわかっている」と思っている人間が五〇〇〇兆人いてもおかしくない。

また、モテるためには他人を必要とする力も必要だが、それ以上に「他人の興味を引く力」が必要である、琥珀さんはそれが恐ろしく強い、三億Gぐらいある。

そもそも私は何のハイロー知識もなく、いきなり映画から見たのだ、わけがわからないのが当たり前であり「どうにかした人が殴られて解決した」という感想で終わってもおかしくなかったのだ。

しかし、琥珀さんの引力があまりにも強かったために「どうしてこうなっちまったんだよ！　琥珀さん！」と怒濤の様な興味が生まれ、気づいたら二回目を再生し、ネットで琥珀さんのことを調べはじめていた。

「初対面で相手の興味を強く引く」というのは、もう努力では得がたきモテの素養である。

この時点で「もういい、貴様はモテすぎだ、下がれ」と自重を要求したくなるが、琥珀さんのモテ要素はこれだけではない。

非常に危なっかしいのだ。

「危なっかしくてほっとけない」というのは乙女ゲーのヒロインが標準装備している機能だ、この男ハイブリッドすぎる。

映画二作目「HiGH & LOW THE RED RAIN」では琥珀さんはほとんど出てこないのだが、最後に物語の重要な鍵を握る「ＵＳＢ」を持った琥珀さんが空港に佇む、というシーンで終わっている。

次回作に続く伏線なわけだが、それに関し、詳しい人が「ＵＳＢをＵＳＡと勘違いして空港にいたのではないか」と考察していた。

普通そんな考察自体起こらないはずである。

しかし、ＵＳＢを持っていたのが琥珀さんというだけで、そんな予想が立ってしまうし「琥珀さんならやりかねない」と思ってしまうのだ。

「仙道《せんどう》ならなんとかしてくれる」の真逆をいく「琥珀さんならやりかねない」。

この「逆信頼感」は頼りないともいえるかもしれないが、一方で「俺がなんとかしてやらねえと」という気持ちが芽生えてくる。

逆に、一人でなんとかできると「じゃあ俺はいらねえな」となってしまうのだ。

世の中には、スペックが高く魅力的なのに何故かモテない、という人もいると思うが、おそらくこの、琥珀さんが全て持っている、他人を必要とする心、人間臭さ、人の興味を引く力、そして、USBとUSAを勘違いしてアメリカに飛んでいってしまいそうな危なっかしさ、のどれかが著しく欠けているのではないか。

一番最後のは欠けていた方が生き易いと思うが、他の部分は一考の余地がある。

己を高めるのは良いことだが、目的が「モテ」の場合、あまりに高めすぎて「一人で大丈夫な人」と見なされると、逆にモテから遠ざかる恐れがある、ということだ。

多少は弱さや隙を見せた方がよいということである。

しかし琥珀さんは、弱い所もあり、隙だらけではあるが、基本的には「強くて仲間思い」という地盤のある人なので、そういう柱なしにひたすら弱くて隙だらけだと、そういう人間を搾取する人や、共依存体質の人にモテてしまうので、注意が必要だ。

第5回 バーフバリに学ぼう

全てのモテ道はインドに通ず

「HiGH & LOW」の琥珀さんからモテを学び、もうモテについては「大体把握した」気分になっていた。

しかし、とある人物から「バーフバリを見ずしてモテを理解した気になっておるのか」との挑発とも取れる進言が来た。

「誰?」

「HiGH & LOW」や琥珀さんに関しては、詳しくは知らずとも「その名声は轟いている」という感じで知っていたが、バーフバリについては本当に初耳だった。

この時点で「バーフバリを知らないとはどんな縄文人だ」と思っている方がいらっしゃるかもしれないが、本当に全てにおいて「来るのが遅い」でおなじみの、今横穴式住居が最高にアツい集落に住んでいるので致し方がないのだ。

そこで、一体どんなモテ野郎だよと早速ググってみたところ、全てが「意外」だった。

まずバーフバリは「インド映画」だったのだ。

おそらく、今更何を驚いているのか、すでにインドはハリウッドに迫る勢いの映画大国ぞ、と思っている方もいらっしゃると思うが、横穴式住居に住んでる奴に「トイレ、ウォシュレットついてないの?」と聞いても、そりゃついてないだろう、という話なのだ。

つまり私が、インド映画を嗜《たしな》むという文化水準に達していなかったため、驚いたのだが、さらに驚いたのは「バーフバリ」とググって出てきた男の画像である。

一言で言うなら「ヒゲマッチョ」だ、もう一言許されるなら「濃い顔の」をつける。いかにも強そうなインパクトのある風貌であり、映画の主人公としてはすごくイイ。

映画「300」のポスターを見たときと同じ感動を覚える。

あれも、パンツ一丁赤マントのヒゲマッチョが咆哮を上げているという「スタイリッシュ」などという言葉は故郷の村と一緒に焼いてきた、みたいな強い絵面だったが、見終わったら「ディスイズスパルター！」と絶叫せずにいられない良作だった。

よってバーフバリもすでに面白そうな雰囲気がしていた。

しかし「モテ」と言われると、いささか疑問符だったのも確かだ、やはりモテと言われるとクール&スタイリッシュなイケメンを想像してしまうものである。

もちろん、インドではこれ以上ないイケメンなのかもしれないが、何せ横穴に住んでいる人間なので「インドのイケメンに明るくない」点についてはご容赦いただきたい。

物語を簡単に説明すると、ある村に流れ着いた謎の赤子（バーフバリ）が実は、マヒシュマティ王国という国の王座を奪われた先代バーフバリの息子で、その自分の出生の秘密を知った子バーフバリが、先代バーフバリの従兄により悪政が敷かれている国と、捕らえられている実母を奪い返すため立ち上がる話がバーフバリである。

何回バーフバリ言うねん、という感じだが、バーフバリは父バーフバリの人生と子バーフバリの活躍を、1、2合わせて六時間描ききる、という、海外映画にクソ邦題をつけがちな日本映画界ですら「バーフバリ」としか付けられなかった、一〇〇%濃縮還元バーフバリ物語である。

ともかく、主人公の顔（濃い）と概要ばかり見ていても、バーフバリ＝モテの構図はつかめないので、とりあえず本編を見てみることにした。

まず物語は、やんごとない身分と思える女性が赤子（子バーフバリ）を抱いて追っ手から逃げるシーンから始まる。

なんとか、追っ手は撒いたが、今度は大雨で氾濫した川に赤子もろとも流されてしまう。だが女性は自らの命と引き換えに赤子の命だけは救うのである。

ちなみにどう救ったかと言うと、まずあの有名なターミネーターの「溶鉱炉に沈みながらサムズアップ」のシーンを思い出してほしい。

それをサムズアップではなく、手に赤子を乗せている、に置き換えれば「大体あってる」。

つまり、自らは完全に水没しながら、赤子を抱いた手のみ水上に掲げ、その命を救ったのである。

もう開始五分で「こいつはとんでもねえ宿命を背負ってやがる」とわかるし、赤子の段階で「女に命をかけて守られる」なんて、すでに一生分モテていると言って過言でない。

そして子バーフバリは、偶然それを発見したある村の人間に助けられる。

その常軌を逸した状況に村民たちは「この子は何かすげえアレがあるにちがいねえ」とどよめくが、村長の娘が「この子は、子どもがいない自分に神が与えたものだから、自分の子どもだ、逆らう奴はコロスケ」と宣言したため、子バーフバリはその村で二十五年ほど、特に何の事情も知らぬまま暮らすことになる。

もう新生児の段階で「カレはアタシのものよ！」と言わせているのだ。

冒頭十分でとどまることを知らないモテ、これがあと六時間も続くのか。

モテる男は持てる（物理）男である

そして、青年となった子バーフバリが現れるのだが、まず「スタイリッシュじゃない」と言ったのは訂正だ。

ナイススタイルと言うと「細マッチョ」などというしゃらくさいものを連想してしまうこちらに非があった、映像で見ると、とにかく見事な体躯なのだ、調べると身長一八九センチらしい。

しかし、一八九センチのガタイの良いヒゲ、となると、怖い、近寄り難い、となってしまいそうだが、バーフバリは実にチャーミングであり「可愛らしさ」さえ感じる、とにかく雰囲気が「親しみやすい」のだ。

だが、バーフバリは、見た目や雰囲気が良いのもあるが、最大の魅力、モテポはやはり「男らしい」ことだろう。

「炎上したければ性差別発言をしろ」と、どこの家のおばあちゃんも言っているぐらい、男だから、女だから、という考えは唾棄しろ、というムーブが来ている今「男らしさ」などというのは時代に逆行しているようにも見える。

しかし、短所としての「男らしくない」「女らしくない」と人を批判するのは確かに間違っているが、長所としての「男らしさ」まで否定するのはおかしいのだ。

新しい価値観が出てくると古い価値観は馬鹿にされがちだ、しかしそれは禁煙に成功した途端喫煙者を馬鹿にするのと変わらない。

よって様々な価値観が生まれ、人の魅力が多様化する今でも「男らしい」というのは、やっぱり良いことだ、とバーフバリは気づかせてくれるのである。

ただ「男らしい」という言い方は、確かに性差別的かもしれない、よって言い換えよう。

「ちからもち」だ。

つまりバーフバリは「肉体的にとにかく強い」のだが、ここは親しみを込めて「ちからもち」と言わせてもらいたい。

現代の価値観に毒されていると「だから何?」と一笑に付してしまうかもしれない。

おそらく石器時代とかには「物を遠くに投げられる」「重いものが持てる」というのがモテポだったはずだ、それが今や「年収のゼロの数が多い方が強い」みたいな世界になってしまっている。

それも一つの価値観だが、何度も言うようにだから古い価値観が間違っていた、というわけではない。

つまり「やっぱ重いもの持てる奴はすげえ」ということなのだ。

実際バーフバリは、重いものが持てることでかなりモテている、物語冒頭でも、例の「コロスケ」と言った育ての母が、願掛けのためシヴァ神の石像に一人で一〇〇〇回汲んできた水をかけるという荒行をしているのを案じ、「これなら水一〇〇〇回かけたことになるだろう」と、シヴァ神の石像を根元から引っこ抜き、滝の中にブチ込んでみせるのである。

笠地蔵で、笠が足りなかった地蔵をジジイが引っこ抜いて、火の中に放り込んだら事件だが、バーフバリ界では、見ていた村民は大喝采、先ほどまで憂い顔だった育ての母も「さすが私の息子」と、びしょ濡れだ。

他にも、巨大な黄金像が倒れてジジイが圧死しそうになっているのを、その腕力で助けて民衆から大喝采されたり、バーフバリのその「ちからもち」具合で、どんどん人心を得ていく、つまりモテているのだ。

しかし、賢明な読者は先の「シヴァ神を滝にぶち込んで願掛け達成」というエピソードを聞いただけで「これは筋肉馬鹿の話ではないな」と気づいていることだろう。

逆に「ちからもちのバカ」というのは性質が悪い、しかしバーフバリは「石像直接滝に放り込めば願掛け達成したことにならね？」と瞬時に気づく聡明さもあるのだ。

このように映画バーフバリでは「知恵」も重要な要素であり「知恵」を駆使して戦う場面もかなりあるのだが、その知恵が大体「筋肉がないと実行不可能」もしくは「そもそも筋肉がないと思いつかない」ことばかりなのだ。

現代では頭脳に比べて、実用的な意味では軽んじられがちな、体力や筋力だが、それがないとせっかく思いついたことでも机上の空論、それどころか「頭でっかち」や「口だけ野郎」というモテとは程遠いイメージを抱かれてしまう。

「文武両道」これも古い言葉だが、ここまで見事に体現されると「やはり良いものだ」と認めざるを得ないだろう。

しかし、文武両道でも性格がアレだと、逆に脅威だ。

実際バーフバリでは悪役として、能力的には優れているが中身がアレな父バーフバリの従兄が出てくる。この従兄との対比により「重要なのはハートである」ということが良くわかる。

次項では、ハート面から見る「バーフバリ」のモテを考えていきたい。

極意・こまけぇことはいいんだよ

バーフバリの魅力は「男らしさ」だと言ったが、それは性格面でも言える。とにかく

「細かいことは気にしない」のだ。

確かに、昨今、現実でも創作でも「小難しい奴」が増えすぎな気がする。

戦うにしても「戦う意味」がはっきりしないと動けない奴、戦いだしても「この戦いに意味はあるのか……」などと悩みだす奴多数である。

その点バーフバリの行動は実に明快なのだ。

子バーフバリは、ひょんなことから、アヴァンティカという美女に出会い一目惚れする。アヴァンティカは父バーフバリの妻であり、今は父の従兄バラーラデーヴァに囚われているデーヴァセーナ妃を救うために戦う女戦士である。

このデーヴァセーナ妃は子バーフバリの実母なのだが、その時点では知る由もない。

だが子バーフバリは「デーヴァセーナが誰かわかんないけど、君が助けたいなら俺が助ける」と言い切るのだ。

これは、雑誌メンズナックルに出てきた伝説のキャッチコピー「AKBとか知らないけど、たぶん全員抱いたぜ」に匹敵する名台詞だ。

思慮深いのも結構だが、その間にも好きな女は困っていたりするのだ。

納得いくまで動けない男と「よくわかんないけど、惚れた女

は助ける」男、どっちがモテるかは言うまでもないだろう。

子バーフバリも父バーフバリも弱い者に優しいのだが、特に惚れた女のためなら何でもするという点が共通している。

確かに、皆に平等に優しいと「あの人はみんなに優しいから」と敬遠されたり、一番最悪な「いい人」扱いになってしまう。

みんなに優しいながらも、本命にはスペシャル感を出すのもモテポである。

そして子バーフバリは本当に1の最後まで「よくわかんない」まま、獅子奮迅の働きを見せる、特に事情は聞かずに、命がけで、好きな女や、弱い人、困った人を助けるのである。細かいことを気にしてたら、こんなことはとてもできない。

また、バーフバリの魅力を語るのにはずせないのが「おちゃめさ」である。

父バーフバリの従兄バラーラデーヴァは能力も高く、見た目だけで言うとこちらの方がイケメンと言う人が多いかもしれない。

しかし、バーフバリのように弱きを助ける心がなく、何より「冗談が通じなさそう」だ。

「ユーモア」は年収のゼロの数に比べてこれも軽んじられがちだが、やはり一緒にいて息苦しい相手とは長くいられないだろう。

その点、バーフバリは少年の心を忘れておらず、アヴァンティカに、気づかれないように、手にタトゥーを彫るなどのいたずらを仕掛けるのである。

マジで？　タトゥー彫られて気づかなかったの？　誤訳じゃなくて？　そんな不感症と

つきあって大丈夫？　と違う意味で心配にはなったが、このような茶目っ気をところどころ見せて、またその時の笑顔がチャーミングなのである。

そんな、やさしくてちからもちでおちゃめなバーフバリだが、ここでもう一回「バーフバリ」でググった時の勇ましいバーフバリを思い出したい。

無益な殺生を好まないバーフバリだが「悪い奴は容赦しない」のである。

そんな容赦ないバーフバリの中でも屈指のモテシーンがある。

父バーフバリの妻デーヴァセーナ妃は、どさくさに紛れて女の体を撫で回していた男の指を五本全部切り落としてしまう。

痴漢野郎への制裁として胸が空くシーンだがデーヴァセーナ妃は捕縛され裁判にかけられる。

指を切り落としたのはやりすぎかもしれないが、痴漢被害者の方が何故か責められるというのは日本でも良く見る構図である。

このように、真に憎むべきは、痴漢、もしくは意図的に痴漢冤罪をでっちあげる者にも拘わらず、その外野同士の争いになり最終的に男VS女の殺し合いとなり当の痴漢は野放しという悪循環が起こっているのだ。

父バーフバリは事情を説明する妻に「お前が悪い！」と一喝。

まさか父バーフバリが痴漢擁護に？　そう思った刹那「切り落とすのは指ではない、首だッ!!」と、痴漢野郎を斬首。

やりすぎじゃないか、というのは置いておいて。被害者の非が問われがちな痴漢においてどんな事情があろうと誰がなんと言おうと痴漢する奴が圧倒的に悪い」と行動で言い切ってくれた、バーフバリ、女、弱者の味方である。

価値観が複雑化する世の中「逆にいい」という便利な言葉が生まれたせいか、何が本当にいいのかわからなくなってきている。

そんな中バーフバリは「いいものはいい」ということを再確認させてくれる。

やっぱ、重いもの持てる男はいい、と。

第6回 安室透に学ぼう

安室透をご存じですか？

「**コナンの映画、ご覧になりましたか？**」

担当から突然送られてきたメールがこれだ。しかもこれ「メールタイトル」である。

どう考えてもアラサーが一度しか会ったことがない取引先に送るメールではない、この時点で担当のトチ狂いぶりがわかる。

さらにメールはこう続いていた。

「次回についてですが、それはそれとして名探偵コナンの現在公開中の『名探偵コナン ゼロの執行人』という映画はご覧になりましたでしょうか」

作家と担当という間柄の我々にとって、一番の関心事、重要事は「次回について」のはずである。それがお母さんが「うちはうちよそはよそ」と言うぐらいの勢いで一蹴されてしまった、これはただ事ではない。

さらにタイトルでも「コナン見たか？」と言っているのに本文でさらに言っている、私の原稿なんぞより、如何に「コナンを見たか否か」が重要であるかということである。

ここからの担当のメールはいつになく長いので、省略させてもらうが、要点だけ言うと『劇場版名探偵コナン　ゼロの執行人』に出てくる『安室透』を語らずして『モテ』を語るとは片腹痛すぎる」ということらしい。

実は今回は、私の歴史上の人物最推し、そして実際に希代のモテ男であった新撰組「土方歳三」について語る予定であり、すでに八十歳以上なら一撃で撲殺できる厚さでおなじみの、京極夏彦先生が土方歳三を主人公にして書いた『ヒトごろし』を読み始めるなどしていたのである。

だがそれにもかかわらず、むしろ『ヒトごろし』を送ってくれたのはこの担当であることも、お構いなしに、これである。

「カレー沢さんにとってのレジェンド推しである土方さんを語る前に、別の二次元のモテ男を考察するというのも番外編、肩慣らし感があってよいのではないでしょうか」

微妙にへりくだっているが、完全に「今回のテーマは『コナンの安室透』で決定」という圧を感じる。

しかし、それは仕方がない、何故ならオタク人生というのは「話のさえぎり合い」だからだ。

いかに相手の話をさえぎって、時にはさえぎったことすら気づかれずに、自分の推しの話をするか、なのだ。タイミングなど見計らっていたらとても「布教」などできない。

よって「さえぎられた方の負け」なのだ。そして見事さえぎられた私は、コナンを見に行くしかないのである。

それにしても、この担当のメール、メール文面だと言うのに明らかに「オタク特有の早口」になっているのがわかる。

そう思ったら本人も最後に「オタク特有の早口になってすみません」と書いていた。何度も言うがメールなのに、である。だが「早口」としか言えない文章だったのである。はっきり言って、業務メールというより、どうしても推しを布教したいオタクが「お願いだからこれだけは見て」と懇願状態に入っているのと全く同じだ。

このように、一編集者をただの早口クソオタクにしてしまったこの「安室透」とは一体何者なのか、恥ずかしながら当方、コナンの知識はほとんどない。

担当によると、安室透は公安警察で、日本を抱く男、ラスト二〇分で抱かれる、とのことだ。とにかくメチャクチャ抱いている男のようである。

しかし、そのころ安室透に抱かれて、早口になっている女は担当だけではなかった。気づけば日本中の女、時には男が、劇場版コナンを見たあと口調が一・五倍速になるか逆に「抱かれた……」と一切の語彙を失って帰ってくるようである。

この安室に抱かれた者は「安室の女」ないし「安室の女のオス」としてニュースに取り上げられるなどして、長らく「腐女子」に比べて認知度が低かった「夢女子」(二次元キャラやアイドルと自分の恋愛を夢想する女)の周知に一役買うなど、すでに社会現象と言っていい状態だった。

ここまで来ると逆に見るのが怖い。「萌えで生活に支障が出る」というのはオタクには割と起こりがちなことであり、しばらく休養が必要になってしまう恐れがある。

ショックを軽減するため、デキるだけ彼についての事前情報を調べておこうかとも思ったが、こういうのは「初見」であることが重要だ、そうでないと「出会い頭に抱かれる」というラッキーファックチャンスを逃すことになる。

ただ、私は安室のことを全く知らないわけではなかった。何故なら彼は既に日本を抱いた男だったため、コンビニなどに行けば確実にいたのである。

特に私が行くコンビニはレジ前に彼の商品が鎮座していたため、会計するたびに目が合っていた。

金髪に褐色の肌、二十九歳らしいがそうは見えない童顔の彼が「安室透」である。

まあイケメンだ。

しかし、イケメンだけでモテる世の中ではない、ということもわかっている。

一体、彼がどうやって日本を抱いたのか、そのモテテクニックは映画を見てみないことにはわからないだろう。

その男は「イケメン」で殴ってきた

ゴールデンウイーク中の某日、私は映画館に「劇場版コナン　ゼロの執行人」を見に来ていた。

ツレは「アベンジャーズが見たい」と言って本当にアベンジャーズを見に行ってしまったので、奇しくも一人で安室に抱かれに来た果敢な中年女性になってしまった。

しかし、GW中で家族連れが多く見られた割に、コナンの館内は暗くて良くは見えなかったが「子どもが多い」という雰囲気ではなかった。

「もしかしてここにいる全員、安室に抱かれに来たのだろうか」そんな勘繰りまでしてしまう、そうだとしたら安室透は大量棒姉妹製造機である。

さて、映画の内容に関してはネタバレになるので割愛するが、安室透に関しての感想は、ツイッターで「還暦過ぎのコナン好きお父さんが、ゼロの執行人を見に行き『安室さん……カッコよかったあ……』と完全に女の顔で出て来た」というつぶやきを見かけたが、本当にこれが全てだと思う。

「**安室さんカッコよかった**」**なのである**。

前項で「イケメンならモテるわけじゃない」と書いた、これは事実であり、特に二次元キャラはイケメンにプラス要素があってはじめて人気キャラになる、という感じになってきている。

ところがこの安室は「基本的にカッコいいだけで殴りにくる人」なのである。

剣道における「面」「胴」「小手」のノリで「イケメン」「イケメン」「イケメン」という掛け声とともにこちらをボコ殴りしてくる、どちらかというと治安を乱している側なのだ。

このように書くとまるで顔がすごくイイだけのキャラのように聞こえるかもしれないが、安室透は逆に「これ以上ないほど要素を詰め込まれたキャラ」でもあるのだ。

安室透のキャッチフレーズの一つに「トリプルフェイス」というのがある。

これは文字通り三つの顔を持つ、という意味で、探偵兼喫茶店アルバイトとしての「安室透」の他に公安警察としての「降谷零」という顔も持ち、さらに、工藤新一をコナンの姿に変えた「黒の組織」の一員「バーボン」として組織に潜入している。

過積載。エレベーターなら完全にブザーが鳴って「誰か降りろ」と言われている段階だ。

二次元キャラには往々にしてこの「過積載問題」がある。

人によって萌えるポイントは違う、よって萌えポイントを多く備えたキャラが良い、と思われがちだが「たくさん積めばいいというわけでもない」のだ。

物語の伏線と同じように設定というのは多ければ多いほど畳むのが難しくなる、キャラも同じように要素を詰め込みすぎると、畳み切れずに、そのうち何個か取りこぼすようになる。

安室透がただのイケてる要素詰め込みキャラだったら、今頃何個か設定を落っことして「いつの間にか公安警察という設定がなくなっていた」「それを作者にツイッターでツッコんだらブロックされた」というようなクソダサ案件になってしまう。

だが安室透は、この明らかに道路交通法に触れている過積載を乗りこなしているのだ。

喫茶店店員としての気さくなお兄さんの顔、公安警察としての国を守る使命を持った顔、そして黒の組織としての顔、全て違和感なく魅力的にやっている、つまり顔の数だけ「琴線に触れてしまう女が増えてしまう」ということである。

もちろん現実でこんなことできる男、いるはずがない。つまり安室透は「俺たちにできないことを平然とやってのける男」、一言で言うと「カッコいい」のである。

カッコいい要素詰め込みキャラというのは、消費者からツッコまれやすく「こういうの詰め込めばオタクが喜ぶと思っているだろ」と条件反射でキレるオタクが出やすいため、逆に難しく、それよりは「イケメンで頭脳明晰だけど、ずっとタオルケット口に入れている」ような、ギャップ萌えを狙う方がむしろ簡単なのである。

その点安室透は「これだけカッコいいを詰め込んでおいてカッコいいのはすごい」というキャラなのだ。

他にも安室透には、料理ができる、ギターが弾ける、テニスができる、ボクシングをやっていて当然戦闘能力も高い、作中でもイケメンとして認識され近所のJKに大人気、という「ここまできたらそりゃそうですよね」というようなモテ要素が満載である。

まるで非の打ちどころがないのだが、前述したとおり、女は「ギャップに弱い」というのも否めないし、あまりにも完全無欠男には「ケッ」となってしまう、今まで日の当たるところを一度も歩いたことがないような女だっているのだ。

私がまさにそういう「洞窟に生えてるコケ」みたいな女なので、映画を見たあとは確かにカッコよかったが、それ故に「悔しいから安室の女になったと言いたくない」という謎の土俵際の粘りが始まっていた。

「安室の女」になりそこねたとしても

安室透がカッコよすぎて、カッコいいと言いたくない。

こう考えると、カッコいいものに素直にキャーキャー言うためにはそれなりに明るい人生を歩んでいないとダメなのでは、と何故か今までの人生否定が始まってしまい暗澹たる気持ちになって来た。

だが安室はそんな女にもちゃんと道を残してくれている。

映画鑑賞後、担当から何冊かの安室関連書籍が送られてきた。

担当の行動が完全に沼に引きずり込もうとするオタク妖怪になってしまっているが、何せコナン基礎知識がないので、助かる。

だがその中に非常に気になる本があった。

「赤井秀一&安室透シークレットアーカイブス」表紙にはそう書かれている。

誰や君。

「赤井秀一」私が見た劇場版コナンには一切出てこなかった人

である。

しかし、こうやって並んで本まで出ているということは、安室と深い関係があるキャラなのだろう。

例によって詳しいいきさつは割愛するが、その本によると、この赤井秀一と安室には浅からぬ因縁があり、パーフェクトガイである安室も赤井には出し抜かれたこともあり、何より誰に対しても余裕を崩さぬ態度である安室が赤井のことになると冷静さを欠いてしまうことがある、という。

そんなのダメだろう。

「所詮BL萌えかよ」と思われたかもしれないが違う。

確かにBLとしても核爆発級の設定だが、安室透個人としても「ただ一人だけ平静でいられない人間がいる」というのは、完全無欠人間に加えるスパイスとしてはあまりにも効きすぎていて、目頭が痛い。

現に私は、映画でただただカッコいい安室を見た時より、担当の資料で赤井にしてやられたり激高している安室を見てからの方が二兆倍安室の事が好きになった。

安室を素直にカッコいいと言えない苔女もこれには撃ち抜かれてしまうのではないだろうか、とにかく持ち弾が多い男であり、全弾回避は相当難しい。

映画には全く出てこなかった赤井だが、この内容の上に万が一彼が出ていたら、各地の映画館で大爆発がおこっていただろうから英断である。

ちなみに担当が「ラスト二〇分で抱かれる」と言っていた話だが、それは少し違うと思う、正確に言うと「五秒で抱かれる」だ。

確かにラスト二〇分間息継ぎなしでカッコいい安室だが、おそらく多くの女が抱かれたのは超ドライビングテクを見せながら車を運転する時の安室の「表情」ではないだろうか。「車の間を縫って、四輪車を二輪で走らせる」という危険すぎる運転をしているため、安室もいつもの余裕がない鬼気迫る表情をしていたのだが、その顔が控えめに言って「シコすぎる」のである。

「ゼロの執行人」は通称「ゼロシコ」と言うのだが「シコ」はおそらく安室のあの表情を指していると思われる、正直あの顔だけでも一見の価値があるし、逆に見たら映画の内容を忘れる。

そして安室透には、もう一つ興味深い話がある。

日本中の女を抱いている彼だが、もちろん食指が動かない者も存在する。そんな「安室の女になりそこねた女」だが、とにかく「凹んでいる」のだ。

これだけ「絶対抱かれる」と言われている男に抱かれなかった自分は、何かイカれてるんじゃないかと思えてしまうらしい。

今の世の中「〇〇じゃない女は女として欠陥がある」などと言ったら大炎上間違いなしだが、安室に関しては抱かれなかった女本人が率先して「安室にハマれなかった自分はヤバいのでは」と悩んでいるのである、抱かれるにしろ抱かれないにしろ、女を悩ませる罪な男だ。

そもそも「みんなが好きというものを好きになれない疎外感」なんて、中高生ぐらいまでしか感じないものである、それを三十をとっくに過ぎた女に感じさせると言うだけでもすごすぎる。

中には「安室の女になれなかったことをカミングアウトできない」という、隠れキリシタンみたいになっている女もいる。

確かに、偏見だが今「安室透のどこがいいか全然わからない」と口走ったら、瞬時に射殺か、磔にされて、安室の女弓部隊から一斉に火がついた矢を放たれそうである、とにかく「言えない雰囲気」はある。

片や、安室透は前から人気キャラだったが、今回一躍注目されて、私や担当のように「コナンは良く知らないけど安室はカッコいい！」という女が多数現れたため、前から安室を追っていた女の中には「にわかが……」と苦々しい思いを抱いている者もいると言う。

オタク同士の諍いほど決着がつかない不毛なものはないが、ある意味これは仕方がない、二次元三次元に拘わらず「いい男の周りでは女が争う」ものなのだ。

むしろ周りで殺し合いが起らないようでは「モテている」とは言えないのではないか。

「国を抱いた男」「百億（興行収入）の男」と言われる安室だが、いっそこの調子で女同士を争わせ「日本の女を絶滅させた男」にまでなってほしいものである。

第7回

売れっ子AV男優に学ぼう

今回はセックスがテーマだ

今回のテーマだが、担当より「金とセックスどっちがいい」という地獄の二択が来たので、金の話の方がより落ち込みそう、という消去法で「セックス」となった。

そして「セックス」に決まるや否や、我が家に資料として大量の「AV男優関連書籍」が送られてきた。「セックス＝AV」なところですでに暗雲が立ち込めている。

しかし、AVと言えば主役は女優だが、最近では有名AV男優しみけんさんとはあちゅうさんの事実婚のニュースが大きな話題になったりと、徐々に男優の方にも注目が集まり始めたように思える。

むしろ、しみけんさんのツイッターに「AV男優はベンガルトラより少ない」とあるように、一万人ぐらいいるAV女優に対し、男優は七〇人くらいしかいないという、男優の方がある意味有名になりやすいかもしれない。

まずAV男優はモテるか否か、という点では、おそらく「セックスする相手」としてはモテると思うが「真剣な交際相手」としてはあまりモテないと思う。

何せ、相手はセックスが仕事なのだ、つきあったとしても相手は別の女とセックスするのである。この時点で、豚とつきあっているけど仕事はとんかつ屋、みたいな脳の混乱が起るし、頭でわかっていても心が受け入れられるかは別である。

また結婚となると、お互いは納得していても、親族が許さないというケースも多く、子どもが生まれたら、どの段階で仕事が「挿《い》れるタイプの相撲」と説明するか、など問題は多いようだ。

また、有名ＡＶ男優ともなれば年収一千万は下らないようだが、それでもＡＶ男優という職業柄、賃貸を借りるにも苦労する、と聞いた。

職に貴賤なし、とは言ってもやはり社会的にはいろいろ苦労が多いのがＡＶ男優という職業のようだ。

だからと言って、モテにセックスは不要というわけではないだろう。

確かに、男を金で選ぶ、顔で選ぶ、というのは良く聞くが「チンコで選ぶ」というのはあまり聞いたことがない、言わないだけでみんなガンガンに選んでいるのかもしれないが、それでも金や顔よりは優先順位として下な気はする。

だが「金や顔をチンコが台無しにする」という事例はある。「顔はエース級だが夜は三振かデッドボール」となると、顔が良い分余計ガッカリ度が増すという。

セックスが上手ければモテるというわけではないが、セックスがモテの足を引っ張ることは大いにあり得るし、「性の不一致」という言葉がある通り、せっかくモテて、条件のいい相手とつきあえても、セックスが原因で別れてしまうこともあるだろう。下半身もエリートに越したことはないのだ。

では、そんなハイスペックチンチンを持っているであろうＡＶ男優だが、まず単純に

ＡＶ男優はセックスが上手いかというと、やはり上手いらしい。

女優も演技しているのだから、必ずしも本当に気持ちよくさせる必要はないかのように思えるが、ＡＶ男優曰くＡＶ撮影も「痛くなったら終わり」なのだという。

諦めたらそこで試合終了、と同じように、セックスというのは痛くなったら終了である。しかし現実にはそこでゲームセットさせるべきであるところを、男はそれに気づかず、女はそれを我慢し、三回コールドの試合を十二回裏までやって、女はただ痛くて疲れるだけ、というセックスが各所で行われているのだ。

たまにはこんな試合もあるさ、というなら良いが、連日こんなプレイでは早々に戦力外通告だろう。

もちろんＡＶ女優も痛くてもある程度我慢するのだろうが、それでは良いＡＶが撮れないし、撮影が中断されてしまうこともある、よって男優のテクニックが重要になってくるのだ。

しかし、普通のセックスで相手を気持ちよくするのとはわけが違う、何故ならそこにはカメラもあれば台本もあるし、自分ではなく視聴者から見てエロいセックスをし、もちろん予定通りに勃起し時間通りに射精するというコントロールも必要だ、なおかつ女優も感じさせなければいけない。

この時点で金田一少年の事件簿の犯人のように「やることが……多い！」となってしまうが、それが出来るのがＡＶ男優だと言う。

それに、いくらAV男優の数が少ないからと言っても女優に嫌な思いばかりさせていては、女優から「NG男優」に挙げられ、干されてしまうだろう。

つまりAV男優というのは「女に嫌われたらやってられない仕事」なのである、よって人気のある男優は女に対する気遣い能力に長《た》けていると言えるだろう。

セックスに限らず、自分本位な人間はモテない、AV男優になったらモテるというわけではないが、AV男優のようなテクと女への気遣いがあればモテると言っても良いのではないか。

AV男優とは一体どういう仕事なのか、送られてきた資料から学んでいきたい。DVD一本に書籍四冊、この時点で日本一AV男優に詳しい人間になった気がする。少なくとも今うちの本棚を見た人は「この人は日本一AV男優に詳しくなりたいのだな」と思うだろう。

まず一番最初に見ることをお勧めされたのがDVDだ。AV男優の資料というからにはAVなのかと思ったら、なんと「AV男優を追ったドキュメンタリー」であり、主に有名男優へのインタビューで構成されている。時間も特典を合わせると二時間近い、もはや劇場版コナンと変わらないボリュームだ。

このようなDVDが出ているということは、世の中にはAV男優について日本一詳しくなりたいという人間が多数いるということだろう、割とライバル多数である。

男達はなぜ、AV男優になったのか

まず「AV男優はベンガルトラより少ない」という時点で「そんなに美味しい仕事ではない」ということがわかる、もし、セックスして金が貰える楽な仕事だったら、AV男優の数は日本の人口を超えているだろう。

「セックスが出来る」と言っても、カメラあり、人目あり、台本あり、しかも相手が六十歳や百キロを超えているなど、数字のスケールがでかい女性な場合もある。何よりモザイク越しとはいえ顔出しで局部を曝し、それが半永久的に後世に残る、というのは男であっても勇気がいるはずだ。

では何故彼らは決して美味しいばかりでない仕事を選んだのか、このドキュメントDVD『セックスの向こう側　AV男優という生き方』では「何故AV男優になったのか」という素朴な質問にももちろん答えている。

その結果、割と「なんとなく」が多かった。中には現場に行って初めてAVの撮影とわかり、まあいいか、でそのまま男優になった、という人もいた、大らかである。

そして意外なことに「大好きなセックスが出来る仕事」だと思って業界に入り、その通

りで最高、来世もＡＶ男優になる、と公言している人もいるのである。

冒頭言った、しみけんさんや、同じく有名ＡＶ男優の森林原人《もりばやしげんじん》さんなど、そのタイプである。

これはすごい事である、私も絵や文章を書くのが好きだったのだが、それが仕事になった今でも楽しいかと聞かれると「めんどくせえ」と答える。

しかし、好きなことを仕事にしたいという若者に対し「仕事にしたら大変だよ」「夢と現実は違う」など、冷や水をぶっかけたがる老害の方が多い中で、ここまでセックス好きでセックスを仕事にしたら最高でしたと、若者に冷や水ではなく、女優に精子をぶっかけている姿はカッコいい、やはり売れる人は違うと思わされる。

だが、もちろん最高な部分ばかりではないし、最初から最高だったというわけではないだろう、しみけんさんはＡＶ男優になるべく何社かのＡＶ会社に書類を送り、唯一返事をくれた会社の人が開口一番言ったのが「君、ウンコ食える？」だったそうだ。

ここで「食えません」と言ったら男優の道が断たれる、と思い、無心で食ったそうである。

これは大変な世界だぞ、と思ったが、その後、放送作家の鈴木おさむさんのＡＶ男優インタビュー本『ＡＶ男優の流儀』によると、しみけんさんは、元々ウンコ好きだったらしい。

しかし、しみけんさんと言えば今ではＡＶデビューする女性芸能人の初相手役というイメージもあるだろう、本人も自分をそういう風にブランディングしてきたという。そんな男優がいつまでもウンコを食っているわけにもいかないからと「十年前断腸の思いでウンコを食うのをやめた」と同書では語っている。

好きなことを仕事にした、とは言っても時には、仕事のために好きなことを断念するストイックさも持っているのである。

このように「セックスが出来る」と言ってももちろん「カワイイ女優とセックスだけ出来る」というわけではないのだ。

特に男優は、女優と逆で、最初はNG（アナルは嫌など出来ないプレイ）なしで業界に入り、徐々にNGをつけていくものらしい、つまり最初はいろいろやらされる、ということである。

単純に「セックスが好き」だけでは務まらず、それこそ「ウンコが好き」など別の才も必要だったりするし、つまり「多才」なのがAV男優なのだ。

そしてセックスするにしても、相手を選べるわけではない、どんな横綱級（重さ的に）が来ても取り組まなければいけないのもAV男優である。

DVDのインタビューでは「正直九割が好みでない」という男優もいた。だが、世の中には自分の好みの女にだけ優しくし、ブスやババアには露骨に塩対応する男もいるのだ。それに対しAV男優は好みじゃなくても態度に出すどころか「何が来ても抱く」のである、仕事とは言え、立派だ。

また、好みじゃなかったり、祖母レベルが来てしまった場合、男優はどうやって己を奮い立たせるか、というと、全く別のエロいことを考えると言う人もいたが「**どこか良い所を探す**」と言う人もいた。

素晴らしい姿勢である、人の悪い面ばかりあげつらう人間は当然モテない。それを全然好みじゃない相手に対し「抱けるレベルまで良い所を探す」というのはすごい能力である。男の態度の差で傷ついたことがある、という女も多いだろう。その点AV男優は内心どうであれ表に出さず「全員抱く」という平等さがあるのだ。

もちろん男優の中にも相手を選ぶ人もいるが、それは現場に行って勃たないと迷惑をかけるので、勃ちそうにない相手の場合は事前に断るというのもプロ意識の一つなのだという。

しかし、出来る相手が多い男優ほど仕事が多いのも確かだ。

森林原人さんもストライクゾーンが広い人で、出来るだけ要望に応えたく、超熟女やニューハーフ、たとえカツラを被っただけのおっさんでも、そのおっさんがエロければ抱けるという。

「エロければ抱ける」良い言葉である。容姿や年齢、まして性別など努力では変えようがない、そこを「エロければ良いんだ」と言ってもらえるのは実に頼もしい。

ともかく、AV男優に向いているのは「セックスが好きな人」なのは確かだが、並みのセックス好きでは務まらない仕事である、というのは七〇人という数字を見てもわかる。

もはや好きというレベルを超えて「セックスがないと生きていけないレベル」ではないと務まらないという、まさにセックスが「睡眠、食事」と同じレベルで命に関わっている人なのだ。

しかし、仕事に対しては、文句ばかりになりがちな我々である、好きなことを仕事にしても愚痴しか出ないほどだ。

大変なことはありながらも、セックスが好きでそれを仕事にして良かった、AV業界に感謝している、と言えるのはカッコいい事である。

ハートだってチンコだって磨くっきゃない

AV男優が男以前に生物としてかなり強いということはわかったが、結局モテるのかという点は未知数だと思う。

しかし、今ではまさに「女にモテる」AV男優が存在するのだ。

AVの中には「女性向けAV」というのもある。昔から存在はしていたのだと思うが、ジャンルとして認知され始めたのは「シルクラボ」という女性向けAVメーカーが出来てからではないか、と思う。

今までの女性向けAVというのは「女子はこういうの好きなんでしょ」という「おっさんが考えた最強の女性向けAV」だったわけだが、このシルクラボは作り手も女性だったため、広く女性に受け入れられたのだ。

シルクラボのHPを見てもらえばわかると思うが、出演男優はイケメンである、AV男優と言えば、マッチョで色黒で照り返している、という印象があるかもしれないが、シルクラボの男優は全く逆光を感じない、グラサン要らずだ。

そう言うと、「※ただしイケメンに限る」の世界で、結局女はイケメンならいいのか、という話になってしまいそうだが、もちろんシルクラボのAVは男優がイケメンだけというわけではない。

実は、私はこのシルクラボのAVを買ったことがある、仕事ではなく全くの趣味でだ。ちなみに初めて買ったシルクラボAVの男優は奇しくもしみけんさんだった。この時すでにしみけんさんは女性向け枠でも活躍できる男優だったのである、そりゃウンコ食っている場合ではない。

では、内容はどうかというと、まずドラマパートが長い、つまりセックスそのものではなく、「セックスに至るまでの過程」を重視しているのである。

私が見たのは「元カレと会社で偶然再会して……」というような感じだったと思う。それに対し私は「セックスは……セックスはまだか！　ええい待てぬ！」と、ドラマ部分を完全に早

送りした。

　そしてセックスシーンも、正直エロくない、もちろん本番はしているのだが、男性向けAVはカメラ目線ならぬ「カメラ股間」なので「そんな体位はねえだろ」というような体勢で、結合部がばっちり見えるようにするし、またそれがドアップになったりするため、画面全体がモザイクになってしまい、性器じゃなくて魚ニソーとか映しててもわからないことが、ままあるが、それはそれでエロいのだ。

　しかし女性向けAVはそこまで不自然極まりない演出が少なく、キスが多く、男優は甘い言葉を囁いたり、時にはお互い最中に笑顔を見せ合ったりしている。

　これには私も「ヘラヘラしてんじゃねえ！　セックスは戦場だぞ！　貴様戦争中に笑うのか」と憤り露《あらわ》である。

　正直「抜ける」かと言うと微妙であり、抜く気満々だった私は「イケメン男優が出ている男性向けAVを買うのが正解」という答えを出してしまった。

　しかし、世の中の女全てがそんなファイナルアンサーを出したわけではない。現に今でもシルクラボは健在であり、コンスタントに作品を出し、イベントなども精力的におこなっている、すなわち「女性に受け入れられた」のである。

　つまり女がセックスに求めているのは「単純なエロさ」ではないということだ。現にシルクラボのAVは抜く目的で見ている人もいれば、そうじゃない人もいるという。つまり抜けないいけど、イケメンが愛のあるセックスをする姿を見て癒されるものがあり、それに需要がある、ということである。

また先述の通り、シルクラボはイベントも積極的に行っている、イベントとは何か、というとシルクラボのイケメンAV男優（エロメン）たちのトークショー、撮影会などである。

エロメンたちは、アイドル的な存在になっているのだ。現にAVの方は代り映えがしないので見てないが、イベントに参加するため買っているという人もいるし、好きすぎてセックスを見るのは辛いので作品の方は見ていない、という人もいるという。

セックスを見せてくれるイケメンなのが売りだったはずなのに、セックスはいらないとは、風俗に来てトークだけで帰る人のような謎さを感じるが、吉牛に行って牛丼ではなくカレーを食う人だっているし、それが間違っているわけではない。

すなわち女は、牛丼屋に牛丼を求めていない人がいるように、AVにセックスを求めてなかったりするということである。

「ギュッてしてくれるだけでいいの」などと言うと、自分みたいな者は「しゃらくせえ」と引き戸をピッシャーンと閉めすぎて逆に全開状態になるほど勢いよく帰ってしまうが、これは媚びているわけではなく、セックスそのものではなく、スキンシップだったり、性欲が自分に向かってきていることにより、相手の愛情を感じることに意味を見出している人もいるのだ。

つまり、セックスが上手い＝モテ、と言っても、テクを磨いて女をイカせまくればいい、ということではなく、そうであっても相手に虚しさを感じさせたらおしまい、ということである。

よってモテるセックスというのは、セックスを性欲処理ではなく、愛情表現なのだと相手に思わせるのが上手いということだ。

ＤＶ野郎の方は、相手に暴虐の限りを尽くした後、コンデンスミルクを静脈に直注入するような甘いセックスをしてくるというので、セックスによる愛情表現が上手すぎる奴も考え物だが、「こいつは私のことをＴＥＮＧＡと思っている」としか思えないセックスでは、愛情も冷めてしまうだろう。

しかし、日本はセックスの優先順位が諸外国より低い国である。おそらく「性の不一致で離婚する」などと言ったら「そのぐらい我慢しろ」と言われてしまうだろう。だから表向きには「音楽性の違いで離婚」ということにしたりするので、日本ではセックスが原因で別れている人はあまりいないように見えるが、実際にはもっといるのではないだろうか。

ちなみにフランスなどではセックスレスが立派な離婚申し立て理由になるという、これは若いうちだけではない、かの国では夫婦は死ぬまでセックスをするものなので、セックスレスが原因で熟年離婚もあり得るのだ。

セックスというのは恋愛において一つのゴールのようにも見えるが、むしろセックスが終わりの始まりになってしまうこともある。真にモテたいならチンコも飾っておくべきなのだ。

ジブリに出てくる

第8回

男達に学ぼう

ジブリ男子を通らずしてモテを語るべからず

めずらしく読者からのお便りが届いた。

そのお便りは「いつも楽しく拝見している」と前置きをしつつも「モテを謳っておいてジブリ男子に触れないとはフェイク企画が過ぎるのでは？」という意見陳述書であった。

確かに日本と言えば、ジブリ、ジブリと言えば特定の条件を満たさないと絶対倒せないボスの如く甦る宮崎駿監督だ。

だがその復活は何度でも歓迎される。アイテムをそろえて倒してやろうとは誰も思っていない。何故ならみんな新しいジブリ映画が見たいからだ。

ジブリ映画が愛されるのは、その世界観、ストーリーもあるが、やはりキャラクターも大きい。その中には、初恋を奪い、そのリビドーを持て余した少女たちに「写し紙でそのキャラの絵をトレースする」という謎行動をとらせてしまう、罪作りな男たちも多数いる。

好きなキャラを描くのはまだわかるのだが「トレースする」というのは徹頭徹尾意味がわからない。しかし本当に私が小学生ぐらいの時流行っていたのだからしょうがない。

もしかしたら「好きすぎて食べてしまいたい」という気持ちの表れが「写す」という行為だったのかもしれないし、信じている宗教の経典の「写経」という意味もあったのかもしれない。ちなみに、その写し終えたキャラは各自下敷きなどに挟んで使用していた。やはり意味がわからない。

そしてジブリの男たちは少女だけのものではない。親の「いつ結婚するのか」という詰めに対し「私はハウルと結婚すると決めているから」とかわしている妙齢の女も珍しくはない。全くかわせてないし、ハウルというチョイスがさらに親の悩みの種だが、彼女らは至ってマジである。

つまり子どもから大人まで愛され、モテるのがジブリの男である。日本でモテる気があるなら必修科目と言って良いだろう。

さて、「ジブリのイイ男」と言われて皆はまず誰を思い浮かべるだろうか。

「ムスカ」と答えた人は私と気が合うが、まずはマジョリティの意見に耳を傾けよう。むしろムスカと答えてしまうからモテないのかもしれない。

ジブリの男たちについては、私が論じるまでもなく様々なところで取り上げられているが女性を対象に「好きなジブリの男性キャラ」人気投票をしたら、大体前述のハウルの動く城の「ハウル」、もののけ姫の「アシタカ」、千と千尋の神隠しの「ハク」がトップ3になるという。

なんてこった「顔」じゃないか。

もちろんこの三者には顔以外の魅力が多分にあるのだが、三人並べられてしまうと「顔じゃないか！」と激高して部屋を出て行ってしまう者多数だろう。

そもそも我々は「顔の力」を見くびりすぎていたのかもしれない。

だからと言って「顔です」という結論で終わるわけにもいかない、だったらこの本も今回で終了だ、技術などいらない、顔だ。

だがその前に何故この三者が人気なのか、好きな理由を聞いてみる必要がある。必ずしも「顔」とは限らない。それに全員がこの三人が好きというわけでもないだろう。その他の御意見だって聞いてみるべきである。

というわけで、私はツイッターで「好きなジブリ男子と好きな理由を教えてくれ」と広く意見を求めてみた。

広く意見を求めたと言っても、答えるのは私のフォロワーが多いと思う。私のフォロワーと言ったら、マジョリティの逆張りをすることだけに己の存在意義を見出してきた連中に違いない（※個人の感想です）ので「少数派の御意見」が集まりやすいと踏んだからだ。

その結果、実に興味深い意見の数々が集まったのだが、その中でもやはり「ハウル」「アシタカ」「ハク」が好きという人の数は少なくなかった。特に「ハウル」は多い。**どうした、お前ららしくないじゃないか。**

やはり顔なのかと思ったが、まだ「好きな理由」を聞いていない。そしてその好きな理由を見ていったところ、驚愕の事実が判明した。

「顔」である。

「アシタカ」と「ハク」はまだ顔に加え性格的にも好きな理由を挙げている人が多かったが、「ハウル」に至っては「顔が良い」の一言な人も少なくなく、中には「顔、あと顔が良い」と大切なことだから二回言っている人すらいるという、圧倒的「顔」なのである。

モテとは「顔」である。『モテるかもしれない。』完。

悲しい結末だ。映画「ミスト」ぐらいキツい終わり方である。しかしこれは数ある結末の内の一つのバッドエンドにしかすぎない。

顔がいいとモテる、顔がいいだけで大勢にモテる、それはハウルが我々に見せつけた一つの真実だが、まだ俺たちには「その他の御意見」が残っている。むしろこちら側の意見の方に「顔が良くなくてもモテる」秘訣が隠されていると言って良い。

それに、ここまで顔以外長所が挙げられないのもどうか、という話である。

そして世の中には「顔が良い」ばかりに、他に全くいいところがない男から離れられない女が多数いるということだ。

ダークホース・フクオ

ハウルは「顔」の一点突破と言ったが、彼の名誉のために言うと、ハウルを推す人は「顔が良い」を大前提にしつつも、内面における彼の評価ポイントについてもちゃんと語ってくれていた。

まず「実力者」であること、次に「一途」であること、そして「ダメ男」「ヘタレ」「人格破綻者」であることだ。

何度も言うがハウルの名誉のために言っている。何故ならハウル推しの人はそれらを本当に「チャームポイント」として捉えているからだ。逆にハウルがあの顔で、性格まで完璧な王子様然としていたら、ここまで女子の心を摑まなかったかもしれない。

そしてハウルが好きという人は自ら「だめんず」という自覚がある人が多い。わかっていてそういう男が好きなのだ。

このように「好きなジブリ男子」について意見を求めて一番良く分かったことは「相手に求めることは人によって全く違う」という点である。

顔が良ければ大勢にモテるのは事実かもしれないが、必ずしもそれを意中の相手が求めているとは限らないのだ。

例えば「ポルコ・ロッソ」が好きと言う人も結構多かった。

ポルコ・ロッソとは「紅の豚」の主人公だ。顔が良いとか悪い以前に豚である。

もちろん「顔が良い」という理由で彼を推している人もいるかもしれないが、多くの人が彼のダンディズム溢れる内面や「飛べる」点を評価している。

「人は顔じゃないハートだ」と言うとキレイごとのように聞こえるし、その前に豚なのだが、数は少なくても「ハート推し」の人は確実に存在すると言うことである。

「顔が良ければモテる」はハウルが示した残酷な真実だが、ポルコ・ロッソは「豚でもハート次第でモテる」という、ミストで言えば「あの宗教ババア以外は助かった」というような希望に満ちたもう一つの真実を与えてくれている。

ちなみに私はミストは見たことがない。

そして、もう一つこのアンケートで得られた意外とも言える結果がある。ハウルと同率、むしろそれ以上推されている男がいるのである。

その男の名前は「フクオ」だ。

誰や君、多くの人間がそう思っただろう。突然「俺が考えた最強のオリジナルジブリ男子」を出すんじゃないと。

だが、彼は実在のジブリ男子である。「魔女の宅急便に出てくるパン屋の旦那」と言えばピンとくる人も多いだろう。

彼は「フクオ」という名前なのだそうだ、私も今回はじめて知って「名前あったんかいワレー！」となった。

名前は知らなかったが、実は彼は私の一推しジブリ男子でもある。ムスカはあくまで「ソウルメイト」としての推しだ。

何故彼が推されるのか。見た目は、マッチョに太眉、サスペンダーという好事家なら見た瞬間失神するビジュアルをしているが、ハウルみたいな絵に描いたような美男子ではないし、声がキムタクどころか全く喋らない。

しかし彼を推すひとは口をそろえてこう言う。

「体格が良い」と。

モテとは「顔」と「体」である。『モテるかもしれない。』第二部完。

またしてもミストで言えば、宗教ババアのみ生き残ったかのような陰惨な終わり方をしてしまったが、もちろん体格が良いというのは一要素でしかない。

まず、妻であるおソノさんを大切にしているところが良いし、見ず知らずの少女であるキキのためにマジパンで看板を作ってあげる優しさもあり、無口だが不愛想というわけではなく黒猫のジジにウインクしてみせる茶目っ気もある、そして何より、自分の店を持っていて手に職があるところも推されている。

つまりジブリ男子界の「最終的に落ち着く男」が彼なのである。

「若いころはハウルとかアシタカ、ジコ坊と割り切ったつきあいをした時期もあったけど、やっぱり結婚するならパン屋の旦那だよね」という奴である。

何せ対象が私のフォロワーが多いため意見の偏りはあると思うが、彼がこれだけ票を集めているところを見ると「最終的に落ち着く男」というのはかなり強い。

おそらく「良い人なんだけどね〜」と言われがちな男でもあると思うが、最後にはイケメンにも勝っているという、ラストスタンディングマンである。

これは世相も関係しているだろう。もし今がバブルだったらもっとハウルとか社会性の低い男に票が集まったかもしれないし、逆に世紀末だったら「やっぱりユパ様だよね」となってしまうかもしれない。

平安時代の美女と今の美女が違うように、モテも時代と共に変わる。今の不景気、不安定感が否めない時代においては「安定感」というのは大きなモテポイントなのである。

だがそもそも、相手は二次元の男である、安定感とか将来性とか考えず、それこそ「顔が良い」の一点のみで選んで良いのだ。

けれど、相手が画面から出てこないとわかっていても「この人と結婚して大丈夫か」を見ずにいられない者がこの世には多数いるということである。

今の世の中、顔が良くなくても、突出した才がなくても「社会性」があれば圏内に入ることは可能ということである。

避けては通れぬ「アシタカ問題」

前項で論じた「パン屋の旦那」と同ベクトルで推されている男がもう一人いる。「草壁タツオ氏」だ。

本日二回目の誰やねん、かもしれないが、となりのトトロのサツキとメイの父親である。

彼を推す声としては「メガネ」というフェティシズム丸出しのものもあったが、どうやら安定した職に就いているようだし、

若干サツキに頼り過ぎな面もあるが、妻不在の中、子どもたちとの生活を成り立たせているところが、昭和の男にしてはやるやないか、というものが多い。

すなわちパン屋の旦那が「旦那にするなら」で選ばれているとしたら、草壁氏はさらに踏み込んで「子どもの父親にするなら」で選ばれているのである。

確かに、ツイッターなどを見ると子育てに協力しない、無理解な夫への怨嗟がナウシカでも諦めて逃げるレベルの大きさで散見される。

彼氏だった時は良い、夫だった時も良い、だが父になった時ダメ、というのが一番旦那デスノートが火を噴く瞬間なのかもしれない。

よって「良いお父さんになりそう」というのもバカにできないモテポイントである。

このように「好きなジブリ男子」というファンタジー溢れる質問にも拘わらず、現実的観点から選ぶ人が多い、ということが判明した。これも今の時代を表しているかもしれない。

最後にジブリ男子を語るにおいて外せないことがある。

「アシタカ問題」だ。

アシタカと言えば先ほども出てきた、ハウル、ハクと並ぶジブリ男子界のトップ3であり、作品自体も高い人気を誇るため、もののけ姫は今でも定期的にテレビ放映される。

そのたびにアシタカは必ずこう言われている、「元カノにもらったものを今カノにあげるなんて最低だ」と。

アシタカは元婚約者であるカヤから別れ際にもらった黒曜石の小刀という、ドラクエで捨てようとしたら「それを捨てるなんてとんでもない！」と表示されてしまうような、一体カヤはどんな気持ちでこれをアシタカに、と胸が痛くなるアイテムを、こともあろうに、新しく出会った女サンにあげてしまうのだ。

メルカリで売ってその金で新しいプレゼントを買うならまだ良いが、直渡しである。

アシタカは高い人気がありながら、その行い一つのせいで「アシタカだけはあかん」と言う人も結構いるのである。

アシタカ推しの人はそこをどう捉えているかというと、あのシーンではあの行動が最善であるという擁護派もいれば、確かにあの行いはいただけないが顔とかが良いので許すという、そこを差し引いても好き派、と「むしろそこが良い」というサイコがパスったアシタカ最高派などに分かれる。

だがあの行動のせいで、アシタカに、イケメンで強くて性格も良いが、女心が全くわかっておらず、無神経なところがある、というイメージがついてしまったのも確かだ。

その後も、サンとの会話の端々に平気でカヤの名前を出し、誰と聞かれたら何の躊躇もなく「村にいたときの婚約者」と言い、そのままカヤとの思い出話を始めるアシタカの姿が容易に想像できる。

しかし、アシタカが人の気持ちがわからない男かというとそんなことはない、むしろ最後にサンにとって最善と言える行動をとっている。

「サンは森で、わたしはタタラ場で暮らそう。共に生きよう。会いにいくよヤックルに乗って」

カヤの黒曜石の小刀に関しては賛否あるしマイナスと捉える人も多いが、私個人としてはこの一言で、マイナスを補てんした上で二兆点である。

世の中には、己の人生と価値観に女が合わせることを強要し、それが当然だと思っている男もいるのだ。「転勤することになったから別れよう」というならまだ良い方で「転勤することになったからついてきてくれ」と、あたかもそれが女にとっても最善であるかのように簡単に言うのである。

相手にも、そこで培った人生、人間関係があることなど無視である。

もしアシタカが「そうは言うてもサンは人なんやから自分とタタラ場で暮らそう」と言い出したら、カヤの事も含めて、執行猶予なしの無期懲役である。

アシタカは森で暮らしてきたサンのことを尊重しつつも「じゃあ自分も森で暮らす」という無理なことも言っていない、もし人と生きてきたアシタカが森で暮らすと言い出したら、サンは「何か悪いわ……」という気になるだろう。

相手を尊重しつつも、自分が無理に合わせるわけでもなく、共に生きるというのは必ずしも一緒に暮らすことではなく、お互いベストな位置でつきあっていこうぜ、という、お前いつの時代の人間やというぐらい、柔軟性あふれる、現代的な答えを出しているのである。

これからも、元カノの影は全然隠せなくても、常識ではなく二人にとってベストな形を考えてくれるだろう。

このように、カヤの黒曜石小刀事件のおかげで「つきあうのはちょっと」と言われがちなアシタカであるが、自分の生活と価値観を確立している女にとっては最適解な、現代のニーズにあった男と言えるだろう。

ちなみに私のソウルメイト「ムスカ」だが、彼を推す意見としては「いろいろこじらせているが、あの年であの地位に上り詰めるのは普通にすごい」という意見が多かった。

現代で言えば彼との結婚は「ハイスペ婚」と言われることだろう。だがああいう時代でああいう結果になってしまったことこそが、私が彼を「ソウルメイト」と呼ぶ理由である。

第9回

乙女ゲームに学べるモテもあるかもしれない

いきなり結論。二次元は二次元と割り切るべし

今回のテーマは「乙女ゲー」だ。

まさにクソ乙女ゲーマーである私のためにあるようなテーマだが、最初から結論を言っておく。

「**乙女ゲーを参考にしてもモテるどころか大事故が起こる**」

乙女ゲーの男を手本に女にモテようというのは、痴女系AVを参考に初体験に挑むようなものであり、相手に不快感を与えるのはもちろん、最悪お縄ということもあり得る。

「現実と空想の区別がついていない」というのは「ゲーム感覚で人を殺して国を滅ぼす」など、スケールのでかいことではない。

「彼女でもない女の頭をポンポンしようとする」など、もっとミクロな話の方が大多数なのだ。

乙女ゲーにはそんな現実では真似してはいけないミクロ要素が山ほど盛り込まれているのである。

また逆に乙女ゲーのヒロインを見習えば現実の男にモテるかというと、やはりそんなことはない。

「やたら他人の懐に入ろうとする、うぜえ女」と思われる可能性の方が断然高いのだ。

よって今回は「女性向けゲームの世界」そしてそこで行われる恋愛がどんなものかという、物見遊山感覚で見ていただき、あとは「乙女ゲー、真似、ダメ、絶対」と理解していただければ十分である。

だがその前に「乙女ゲー」について説明しておこう。

乙女ゲーと言えば「ハサミは持ち手を相手に向けて渡す」レベルの一般常識だが、世の中にはジャングルでゴリラに育てられた読者も少なくない、と聞いている。よって人間の間では当たり前のことでもちゃんと説明してあげるのが、真の多様化社会を生きる者の務めである。

まず乙女ゲーとは、ゲームのことだ。

プレイヤーは自分の分身となる「ヒロインキャラ」を操作する。

そしてヒロインはゲーム中、何人ものイケメン二次元キャラクターと出会うことになる。

プレイヤーは、そのイケメンたちに優しくしたかと思いきや、突然鬼のように厳しい激励なき叱咤を食らわせ、その直後優しく抱きしめるなど、とにかく彼らに気に入られるようヒロインに振る舞わせるのだ。

そして、最終的にイケメンに告られたり告ったりして、ハッピーエンドを目指すのが「乙女ゲー」という恋愛ゲームである。

つまり乙女ゲーというのは、ワケもなくイイ男が寄って来るゲームというわけではなく、プレイヤーが男を「落とす」ゲームなのだ。

よって、出てくる男は一癖も二癖もあり、良く言えば個性的、悪く言えば一生関わり合いたくないタイプが高確率で含まれている。

だが何せ相手は「実在しない」ため、現実では「クソ面倒」な男でも「※この男はフィクションです」という注釈一言で「そういう所が逆に良い」と見ることが出来る。

それが乙女ゲー、そして二次元の世界なのだ。

もちろん乙女ゲーの中にも常識的な感覚をもつキャラクターは出てくるが、そういうキャラほど「乙女ゲーキャラの分際で真面目か」と評され、「地味キャラ」扱いで人気がなかったりするのだ。

「つきあう男と結婚する男は違う」どころではない、理不尽な世界観なのである。

この時点で全く現実のモテの参考にはならない。真似しようとしたらまず「非実在」になることからはじめなければならないのだ。

歴史の話をすると、記念すべき乙女ゲーの第一作目は㈱コーエーが出した「アンジェリーク」というゲームだ。

これは日本の初代総理大臣は「伊藤博文」ぐらい有名かつ常識的な話なので恥をかかないためにも覚えておこう。

「アンジェリーク」は、女王が宇宙を治める異世界の話で、ヒロインは新しい女王候補として、九人の守護聖と呼ばれるイケメンキャラの助けを得ながら新女王を目指す、というストーリーだ。

このように乙女ゲーにもストーリーや目的があり、中には「世界を救う」というような、壮大なテーマのものもある。

それを無視して「いかに男とよろしくやるか」が乙女ゲーなのだ。

しかし男とよろしくすればするほど、目的にも近づいたりするため、乙女ゲーは、女とセックスすることで問題が解決していく「島耕作」と同カテゴリと思ってもよい。

アンジェリークは上記のようなファンタジックな世界観であり、出てくる男も少なくとも日本人ではないのだが、全ての乙女ゲーがこのようなゴリゴリのファンタジー系ではない。

乙女ゲーのジャンルも多岐に渡り、現実社会を舞台にした乙女ゲーも多数ある。

また、織田信長や新撰組隊士など歴史上の人物をイケメンにして恋愛する歴史系も、昔から根強い人気を誇っている。

ジャングルでゴリラに育てられた人にとっては「織田信長と恋愛」というフレーズ自体が謎だろうが、そのぐらいで驚いてもらっては困る。

私は先日スマホ乙女ゲーで中臣鎌足とつきあったばかりだ。

BLが男二人いればカップリングが成立するのと同じように、乙女ゲーも消しゴム一つ落ちていれば、それをイケメンに擬人化して恋愛出来てしまう世界なのである。

しかし、世界観は違っても「学園モノ乙女ゲーのイケメン生徒会長キャラが、他の歴史乙女ゲーの織田信長と全く同じ性格をしている」ということが起こりがちなのも乙女ゲーだ。

これは、どの乙女ゲーも個性的なキャラ作りをしようとしてはいるが、それでも「乙女ゲーにいがちな男」という様式美とも言えるテンプレがあるためである。

では「乙女ゲーにいがちな男」とは具体的にどういう男のことだろう。

それでも、現実よりイイ男な理由

まず、乙女ゲーには「信じられないほど偉そうな男」が出てくる場合が多い。

この時点で現実ではノーサンキューみが強いと思うが、乙女ゲー界では、こういう男がメジャーな存在であり、さらにアイドルで言えばセンター級と言える人気キャラだったりするのだ。

どのぐらい偉そうかというと、ごく自然に一人称「俺様」を使いそうなぐらい偉そうなのである。

だが、乙女ゲーの偉そうな男というのは「本当に偉い」場合が多い。

容姿端麗、頭脳明晰、おまけに実家が太い、所謂パーフェクト男子であることが多いのだが、パーフェクトの中に「性格」が含まれていないため、ヒロインに対し初対面から高圧的な態度をとりがちなのである。

しかし現実には「親の年金で暮らしているのにネットで社会批判をしている」など「偉

くないのに偉そうな男」が山ほどいるのだ。

それに比べれば、偉いから偉そうな男など全然筋が通っていて好感が持てる。

こういう男は当然、モテるし、周りからもちやほやされているのだが、男キャラに鉄板があるように、ヒロインにもテンプレがあり、ほぼ一〇〇パーセントが「誰もが媚びる相手に媚びない」という特性を乙女ゲーのヒロインは持っている。

また「学園の王子様」など誰もが知っている有名な男に対し「知らないんですけど」と言ってのける「情弱さ」があるのも乙女ゲーヒロインの大きな特徴だ。

それに対し、偉そうな男は、経験したことがない女からの塩対応に憮然とするものの、すぐに笑みを浮かべてこういう。

「面白い女だな、気に入った」

よっ！　待ってました！

これこそが、乙女ゲーをはじめとする、女性向けコンテンツで百億回繰り返されてきた古典芸能の一つである。

もちろん、人の好みは様々なので、そんな無礼な男に気に入られても嬉しくないと感じる人もいるだろうが、何せこれが百億回繰り返されているのだ。

何だかんだ言ってみんな「偉い男が自分に一目置いてくれる」というシチュエーションに弱い、ということである。

こういうタイプはその後「お前は今まで出会って来た女とは違う……」的なことを言い出すことも多い、つまりいかに「特別扱い」が女の琴線に触れるか、ということだ。

それと似た傾向で「プレイボーイキャラ」も高確率で乙女ゲーには登場してくる。

女好きで女に優しいがその態度はどこか空虚（ポイント）。しかし、ヒロインと出会い「本当の恋を知った」などと言い出すのがこの手のタイプだ。

これも「お前は今まで遊んできた他の女とは違う」という、スペシャル感の演出である。

そう言われると、ヒロインであるプレイヤーは「私は特別な存在なのです」というヴェルタースオリジナル状態になり、大きな満足感を得ることができるのだ。

また、乙女ゲーには、社会不適合者も良く出てくる。

嫌かもしれないが出てくるのだから仕方がない。

イケメンだが、コミュ障だったり、過度の天然で周りとかみ合わなかったり、あと単純に暴力的だったりと、本当に親身になってくれる友達なら「やめときなよ……」という男が勢ぞろいなのだ。

そういう男たちは、他人とうまくコミュニケーションが取れなかったり、誤解されやすい、という問題を抱えていたりするのだが、何故か話が進むにつれ「ヒロインにだけは心を開き始める」のである。

何故か、と言われたら相手が乙女ゲーのヒロイン様だから、としか言いようがない。このように乙女ゲーで一番すごいのは「地味」という設定をつけられがちなヒロインの方なのである。

そしてそういう男たちは「お前の前だけでは本当の俺を見せられる」等、もはや特別視というより依存症状を表しはじめるのだ。

このように乙女ゲーは別名「イケメン介護ゲーム」と言われており、イケメンだけど何かしら問題や心に疾患を抱えた男たちをケアして、プレイヤーを好きにさせるゲームなのだ。

つまり患者がカウンセラーに惚れるという、全く健全でない関係の上、現実だったら「俺はお前のママじゃねえ」と相手の世話のかかりっぷりにブチ切れ必至なのだが、何せここでも「※この男はフィクションです」なので、面倒な男が自分にズブズブに依存してくる様も「いとをかし」なのである。

「JKになって二次元のイケメンと恋愛」などというと、現実逃避ここに極まれり、のように聞こえるが、実際は現実の恋愛以上にその関係性はただれているのである。

こう書くと、乙女ゲーには暴君とメンヘラしかいないように聞こえるが、それでも乙女ゲーの男たちは、ある程度の一線は越えないように作られている。

数年前、某音楽グループのメンバーが女性に声をかけ、断られたことに逆上し、追いかけて暴力を振るうという痛ましい事件があった。

それに対しツイッターで、要約するにこのような意見が挙がった。

「女に塩対応されても、暴力を振るったりせず『面白れえ女』と逆に褒める二次元の男はエラい」

このように、二次元、特に乙女ゲーの男は、どんな人格破綻者でも女など、自分より弱い相手を殴らないなどの暗黙のルールがあるのである。

それに比べると現実はノールールな男もいる。

そういう意味ではやはり乙女ゲーは女にとって「夢のある世界」なのである。

合意がないのは二次元でもアウト

乙女ゲーの話なら正直いくらでも出来るのだが、今回も一応担当から資料本として女性向けゲーム情報雑誌が四冊送られてきている。

まずこれだけ女性向けゲーム雑誌があったことに驚きだ。

ほんの二十年前まで、女性向けゲームと言ったら「アンジェリーク」ぐらいしかなかったのに、まさに物のない時代から高度経済成長である。

この雑誌に紹介されているのは全てが「乙女ゲー」ではない。

女性向けゲームと乙女ゲー、何が違うのかと言うと、主人公であるヒロインとイケメンキャラクターが「恋愛」するのが乙女ゲーであり、イケメンキャラがたくさん出て来て、主人公が女でも恋愛要素がなければ、それは乙女ゲーではない。

若干恋愛を匂わせる要素があったとしてもメーカーが「恋愛ゲーム」と明言していなけ

れば、乙女ゲーとは言えず、そういうゲームを「乙女ゲー」と呼ぶと怒られる恐れがあるので注意しよう。

「何故そんなことで怒るのか」と言われると返す言葉もないが「オタクは割と怒りっぽい」のである。

雑誌を見て、まず思ったのが「世はアイドル大全盛期」である。

とにかく乙女ゲーに限らず、キャラクターが「アイドル」または「バンド」や「役者」など芸能関係のゲームが非常に多く、ついに「イケメン芸人」のゲームも出るらしい。

やはりプレイヤーもせっかく二次元なら、リアルでは縁のないアイドル、または織田信長と恋愛したいという心理があるのかもしれない。

また芸能ものにすれば、ユニットが組めるため、男キャラ同士の関係性も密になってくる、つまり「BL萌え」もしやすいのだ。

また「曲を出しやすい」というのもある、今では二次元キャラが曲を出すのは珍しいことではなく、それも「キャラソン」の枠を超えた完成度の高いものが多い。

そして、声優も声優なのに何故か歌が上手なのだ。

最近では「ラップバトル」（比喩ではなく本当にラップで相手にダメージを与える）をテーマにした「ヒプノシスマイク」とい

う女性向けコンテンツが曲ともども大人気であり、曲に関しては男性ファンの姿も散見される。

このように「音楽」との親和性が強いことが、アイドルコンテンツブームの一端を担っているのかもしれない。

だからと言って「アンジェリーク」のようなファンタジー系がなくなったわけでもなく、未だに織田信長と恋愛する系も人気のようだ。

言っておくが、織田信長とばかりつきあっているわけではない。小野妹子ともつきあうゲームもある。

ちなみに前項で「乙女ゲーの男はある一線は越えない」と言ったが、それは二十年かけてコンプライアンスを確立してきた現代の話であり、昔はまだ「手探り」故に「越えているだろ」というものもあったし、今でもちょくちょく越えてしまうことはある。

初代乙女ゲー「アンジェリーク」は、こちらから告白しても、好感度が低いと「振られる」場合がある。

その時、思い切って「好きです」と告白したヒロインを「私は違うな」の一言で振るという展開はもはや伝説となっている。

また、こちらが「振る」ということも出来るのだが、その時の男たちのリアクションはキャラにもよるが「この私を振るだと!?!?」という「見苦しい」の一言のものが多かった。

それが不評だったのか次作の「アンジェリークSpecial2」では、振るにしても振られるにしても、潔い態度や優しい言葉をかけるようになった。それは他の乙女ゲーにも踏襲されている。

　このように乙女ゲーの男キャラもプレイヤーのニーズや時代により変化しているのである。

　また「先発ゆえの手探り感」で言えば、初の十八禁乙女ゲー「星の王女」の方がすごいかもしれない。

　端的に言えば女性向けエロゲーなのだが、何せ「初」なためメーカーも「十八禁」の趣旨を測りかねたのか、選択肢を間違えると「普通に犯される」のである。

　犯す方もイケメンであり、そういうのが好きな人もいるかもしれないが、私はさすがに「イケメンなら犯されても良いや」という気にはなれず「なぜ女が幸せになるためにある乙女ゲーでこんな目に？」とドンヨリしてしまった。

　また登場キャラにヤクザがいる。

　別に女性向けゲームにアウトローキャラが出てくることは珍しいことではない。

ただ、このキャラのルートに行くと、半ば犯され、なあなあでそいつの女になるのだが、その内、金のために風俗で働くことを強要されることになる。

　しかもバッドルートかと思いきや、これが正規ルートであり、風俗勤務は未遂に終わり（それでも客にやられかける）「やっぱお前のこと好っきゃねん」となるのだが、これで納得できるプレイヤーは少数派な気がする。

このように作り手側も「十八禁乙女ゲー」を摑めていないというか、逆に摑みすぎた感じが、ひしひしと伝わってくる。

だが、それを踏まえてか、第二作目では性暴力要素は格段に抑えられている。

乙女ゲー界でも「性合意」は重要視されているのか、それが顕著だなと思ったのは、先ほどから言っている中臣鎌足や小野妹子とつきあえる「茜さすセカイでキミと詠う」という、スマホ乙女ゲーだ。

このゲームは全年齢対象ゲームだが「朝チュン」など「そういうことがあった」と匂わせる展開が頻繁に起こる。

しかしその際、男が必ずヒロインの意志を確認し、ヒロインがはっきり「イエス」と言ったり頷いたりと「合意描写」が入っているのである。

だから私はこのゲームがとても好きである。

非現実の世界で、そこをうるさく言うのも野暮かもしれないが、時代は変わるのだ。

有無を言わせず強引に迫って事を成す男に違和感を感じるというプレイヤーは今後も増えるだろう。

それが気になってゲームが楽しめないとなったら本末転倒である。直接言わせたくないなら、背景にイエス・ノー枕でも置いて「イエス」を表に出しておいてほしい。

第10回

西野カナに学ぼう

ついにこのときがやってきた

最初の方から「モテと言えば西野カナだろう」と言っているし、今までも事あるごとに「いつかはカナと事を構えなければならぬ」と言ってきた。

もうお気づきの方もいるかもしれないが、私はカナと向き合うことを先延ばしにし続けていた。いや、恐れていたと言っても過言ではない。

そもそも私のような人間は「リア充爆発しろ」と漠然とした大多数に怒るのは得意だが、具体名を挙げろと言われると急に目が泳ぐのだ。

だがモダモダしている内に当の西野カナが二〇一九年二月一日から三日間のコンサートをもって無期限活動休止をすると発表してしまった。

「恐れをなして逃げ出しやがった」と言うことにしたい、何だったら逃げ出したのは俺ということにしてやっても良い。

だがそうもいかない、今カナに向き合っておかないと、来世あたりできっと後悔するような気がする。

今のうちにカナとは決着をつけておかなければならないだろう。

まず、カナは俺の女じゃないのでここからは西野さんと呼ばせていただきたい。

そして俺の女じゃないばかりか、私は西野さんの曲を今まで一度も聞いたことがないのだ。

日本に住んでいてそんなことがあり得るのか、ここ十年ぐらい服役していたのか、と思われるかもしれないが、現代というのは情報が溢れてはいるものの、何を目や耳に入れるかはある程度、取捨選択できるようになっているのである。

何故なら、良くも悪くも「評判」というものが先に目に入るからだ。

その点で言うと、西野さんの評判は最悪であった。私の周りは漏れなく西野さんにカチ切れてらっしゃるのである。

だが決して西野さんは不人気歌手というわけではない、彼女がレコード大賞を取ったのは田代まさし氏がタイム誌の表紙を飾りかけたのと同じノリではない。

彼女は間違いなく人気歌手なのだ、ポイントは「私の周りがバチギレている」という点である。

類は友を呼ぶというように、私の周りにいる人間も、非メジャー志向のモテとは対極にいるタイプなのだ。

そういう層に嫌われているということは、逆に西野さんは、その真逆の層の絶大な支持を得てここまで来たということである。つまりモテる女は西野カナが好きに違いない。

このようにして「西野カナが好き」＝「モテ系」という仮説が立った次第である。

もちろん、モテない側が無い知恵を絞って出した結論なので間違っている可能性は大いにある。

しかし西野カナの歌声に、ある種の人間の脳細胞を破壊し、怒りを制御できなくする麻薬作用がある、ということだけは確かである。

よって私は今まで西野さんの歌を積極的に避けていた。私と似たような人間が怒っているということは、私もキレ散らかしてしまうに違いないからだ。

むしろこの時点で「西野さんはこっちを向いて歌っていない」ということが明らかなのだ。私からは西野さんの後頭部しか見えない。

「自分向け」ではないとわかっている物をわざわざ聞きに行って怒るというのは、おっさんが女児用の服を買って「キンタマがはみ出るじゃねえか」と怒るようなものであり、ほぼクレーマーか当たり屋に近い。

しかし、現代のモテを科学するなら西野さん、いやカナのことは避けて通れない、よって今私という名のおっさんが、女児服売り場のプリキュアパジャマの前に立っている、という次第である。

まず軽く、西野さんの経歴や歌、そして、西野さんを純粋に好きな人、神経細胞を破壊された人など、様々な西野さんへの評価を得意のインターネットで、調べて見た。

すると、そもそも私は西野カナと西野カナの楽曲に対しかなり大きな誤解をしていたことが判明した。

西野カナの歌は所謂「モテソング」ではなかったのだ。

モテソングとは、カラオケで可愛く歌うと男ウケが良い歌の事である。

モテソングで検索すると、西野カナの名前が出てこないわけではないが、決して上位とは言えず、未だにａｉｋｏパイセンとかの名前の方が先に出てくる。

そして何より、西野カナにブチギレ金剛組の主な構成員は私のような非リア充タイプの女ではなく「男」なのだ。

明らかに男の方が西野カナに神経細胞を破壊され、部屋のものを全部破壊しかねない勢いで怒っているのである。

むしろ西野カナは男に嫌われているのでは、とすら思える。

だとすれば、西野カナを好きな女も男に嫌われてしまうのではないか。

そうなると「西野カナ」＝「男にモテる」どころか、「西野カナ」＝「男にモテない」になってしまう。

だが彼女がこの十年間若い女の支持を得て来たのは確かである。

もしかして最近の女は「モテ」などどうでも良いのか、むしろ何もしなかったらモテてしまうので、あえて「西野カナでモテなくする」という需要なのか、虫コナーズかよ。

何故、決して男ウケが良いとは言えない西野カナが女ウケしてきたか、その理由を次で考えて行きたい。

西野カナが先か、モテが先か

まず「西野カナに怒っている人」が何に怒っているかを明らかにしたい。

これは何に怒っているも何も、大体「トリセツ」に怒っているのである。

特に男で怒っている人のほとんどが、このトリセツに前頭葉を破壊されてしまっている。

私が西野さんのことを知ったのは、かの有名な会いたくて会いたくて震えが止まらなくなっているという、もう少し暖かくしてから悩んだ方が良いんじゃないかという人の歌だ。

その曲が流行っていると聞いた時は「おもろいこと言うやんけ」とむしろ西野さんに好感を持ったのだが、何となく聞く機会がなく、どんなリズムに合わせて震えているのかも知らず終いだった。

機を逃している内に「トリセツ」が現れ、一斉に周りの人間が怒りで震え始めたので、これは関わってはならぬ奴だと思ったのが私の「深刻な中年の西野カナ離れ」の原因である。

そしてこのたび、初めて「トリセツ」の歌詞を読んだのだが、確かに皆さまのお怒りはごもっともと思える部分が多々ある。

正確な歌詞を書くとジャスラック的なところに菓子折りを持っていかなければならないので控えるが、要約すると「私のトリセツ（取扱説明書）と称し、彼氏に自分が如何に面倒で情緒不安定で小うるさい女かを説明し、自分でもそれはわかってっけど、直すつもりは特にないから、受け入れろ、むしろそこが『可愛い』と思え」という歌である。

具体的に言うと、突然不機嫌になって理由を聞いても答えないが、放っておくとさらに怒るので、とことん機嫌を取ってくれ、というようなことが書かれている。

だがその「俺様の機嫌の取り方」については、ノーヒントではなく「なんでもない日に物をよこせ（ただしセンスが大事）」とか「旅行」「オシャレなディナー」など、かなり具体的なことを記してくれているので、理由も言わず、どうしたら良いかも言わない女よりは親切だ。

さらに随所に出てくる「笑って許せ」「広い心で」という、相手に無限の寛大さと包容力を求める姿勢、おそらくそうでないなら「心が狭い男」ということになってしまうのだろう。

そしてご丁寧に「永久保証、一点物のこの私なので、返品交換は受けつけない」等のことも書かれている。

それを見た世の男性たちは「てめえはどこの国の皇族だ」とこぞって激怒し「こんな歌

に世の中の女どもは『女子ってそういうとこあるよね〜』と共感していやがる」とさらに怒っているのだ。

しかし、本当に女がこの「トリセツ」に「わかる〜」「男って女子のこういうとこわかってくれないよね〜」と共感しまくっているかというと「わかる」という声もあるにはあるが「さすがにこれはない」という声の方が多いように思える。

よってトリセツに関しては「トリセツに『わかる』とか言っている女」という仮想敵が生まれてしまっている可能性がある。

これは「**ブスの流れ弾**」と言い、世の中に「女の気持ちを代弁」「女子共感」的なものが現れると必ず「ブスが○○に『わかる〜』とか言ってるのウケる」という、それ本体ではなく「それに共感しているブス」という、本当に存在するのかさえ不明な女が代わりに叩かれるという現象が起こる。

確かに、西野カナ本人にこういう面倒くさい寄りかかられ方をされても「うるせえ！ハードオフに売るぞ！」と言えるかどうかわからない。

よって「そういうことを言わなくなるまでハンマーで殴ってください」という、トリセツのどこにも書いてない取扱いをしていい「トリセツに共感しているブス」という自分より下の存在をとりあえず先に叩いておこうという話である。

もしこのトリセツに、手放しでわかるし男にはそうあってほしいと思っている女がいるとすれば、それは相当若い世代だろう。

何故なら「**自分の機嫌は自分で取るのが大人だから**」である。

理由もなく不機嫌になることは男女限らずあるだろうが、不機嫌を露にして周りに機嫌を取ってもらうのは子どものすることであり、「帰りにファミチキ買おう」とか「今日はもう月曜なんだから、あと火水木金出たら休みじゃん」と、なんとか己をなだめすかしテンションを上げていくのが大人である。

つまり西野カナが四歳以下の若い女に絶大な支持があるのは疑いようがない。

しかし、多くの男が「トリセツ」に怒りや恐怖で震えたことも事実なので、西野カナが若い女性に人気なのは、男ウケが良いとかいう理由ではなく何度も言うように「若い女性からの共感度が高い」という理由だろう。

だが私が若い時分に西野カナに出会っていても共感しなかったように思う。

では西野カナが若い女の中のさらにどこの層に支持されているかというと「恋愛をしている女」少なくとも「ある程度恋愛経験のある女」だ。

例えば前述の代表曲、会いたくて震えているヤツは、別れた男（しかも新しい女がすでにいるらしい）を忘れられず苦しんでいる曲である。

他にも、来ないメールの返事を待ったり、思いが届かない相手のことを思ったりと西野カナの楽曲には「ギャル演歌」と言われるぐらい「耐え忍ぶ女の恋の歌」が多いのである。

「モテない」というと、フラれまくっている人というイメージがあるかもしれないが、真にモテない人間というのはまず異性などとの接点すらないので、フラれるところにさえ到達できない。

つまり「恋愛で手痛い思いをした経験すらない」ので、元カレに会いたくて震えてる人の気持ちなんてわかるはずなく「おもろいやんけ」となってしまうだけなのである。

西野カナを聞けばモテるのではない、最初からある程度「モテ側」にいないと西野カナに「わかる」となれないのだ。

「西野カナが先か、モテが先か」という問いはどうやら「モテ」の方が先だったようである。

「ダーリン」→「トリセツ」はエモい

西野カナを聞けばモテるんじゃない、最初からモテる側の女が西野カナに共感するんだ。

確かに「熱いパトスがほとばしる天使が残酷、そしてテーゼ」みたいな歌詞の曲に「意味は全然わからないけど、とにかくエモい」と言っている側の人間が、別れた男を思って震える女に「わかる」などと思うわけがない。

やはり西野さんは全くこっちを見て歌っていなかった、一生目すら合う気がしない。

正確に言うと、モテる女が西野カナ楽曲に共感するというより「人生において恋愛の優先順位が高い人」が共感しているように思える。

たとえモテていても恋愛に全く興味がない、どちらかというとパトスの方に関心があるという女は全く共感しないだろう。

モテて恋愛経験が多くても、恋愛を人生の一大事と思ってない人間は「震えるほどのことか」となってしまうのだ。

つまり西野カナが若い女子に人気なのは、若いころの方が恋愛を人生の一大事だと思いやすいから、とも言える。

年を取ると恋愛を生活の中心に据えたくても、会いたくて震えている最中に、洗濯機が止まる音がして干しに行かなければならなかったり、一晩中誰かのことを思って泣きたくても、朝イチに入っている会議のことを考えると、ビューネして寝るしかねえ、ということが多くなる。

一生恋愛至上主義でいられる人間は一握りだ。

むしろすべてを放り投げて恋愛第一になれる時期に西野カナに出会い、ルンバがコケた音などの雑念なしに曲を聞き素直に共感できた人間はラッキーと言える。

私にはもう無理だ、震えが来たらパブロン飲んで寝る。

しかし、彼女の歌が十年間支持され、活動休止を受け多くの女子が深く落胆しているのを見ると、若者の恋愛離れなどとはいうが、やはり今も若い女子は恋愛に大きな関心があり、西野カナはその気持ちを代弁し、励ましてきた存在なのだというこ

とはわかった。

ちなみに西野カナ自身は元々洋楽やロック志向であり、今までやってきたラブソングを中心としたポップスは、徹底的にニーズに合わせてやってきたビジネスという見方もある。

本当だとしたら、売れようと思って歌って、売れるというのはすごいことである。

私だって常に売れようと思って漫画を描いているが売れたためしがない。

カナさんマジリスペクトっす、という結論で終わりたいところだが、まだ話は続く。

先日、仕事の打ち合わせで飲んだ時、同席した四十歳前後の女性二人が西野カナに対し怒っているのが聞こえた。

後日、何に憤慨していたんですか、と聞いたところ「西野カナの歌は男を増長させる」と怒っていたのだ。

確かに女が自分に会いたくて震えていると知ったら男はイイ気になってしまうかもしれないと思ったが、そうではなく「家事を一切しない彼氏と同棲していて、家事しないのがカワイイ」みたいなもっと直接的に増長させる歌を歌っている、と言うのだ。

調べて見たところ、同棲相手のダーリンが靴下を脱ぎっぱなし（しかも裏返し）で、もう誰が片づけるの？　とプンプンしながら、でも好きになっちゃったんだから仕方ない、と言うような西野カナの曲が確かに存在した。

しかも残念なことに「西野カナはモテソング代表というわけではない」と言ったが西野カナの中でモテソングと言えば、この曲が出てくるのだ。

つまり「モテソング」というのは「俺に尽くしてくれる可愛い女の歌」という側面も強いということである。

女性二人の内一人は子持ちなのだが「息子に聞かせたくない」というようなことを言っていたのが印象的であった。

女性誌「VERY」が「『きちんと家のことをやるなら働いてもいいよ』と将来息子がパートナーに言わないために今からできること」という特集を組んで支持を集めた（二〇一九年一月号）。

ラブソングは不朽である、一途な女、尽くす女の歌も作られ続けるだろう。しかし「家事家庭面で尽くす女」というのはこれから先、少なくとも女の共感は得られなくなっていく気がする。

確かに、つきあいたてのころは「何もできない彼の世話をしてあげている自分」にノロけてしまう時もあるが、それを続けると後々後悔する結果になるだろう。

女子に向けた女子のための曲なら「好きな男の世話をしてあげるのが女の幸せ」というようなことをインフルエンサーが言うべきではないだろう。

しかし、安心してほしい。

この彼の脱ぎっぱなし靴下を拾ってやっている曲の一年後に「トリセツ」が出ているのである。

確かにその曲は男を増長させたかもしれないが、その比じゃないぐらい自らが増長しきった曲をその後に出しているのだ。

これが逆でなくて本当によかった。トリセツで怒られたから、今度は男に尽くす女の曲を出したというのなら心底興ざめである。

むしろこの順番を見て私は「トリセツ」が好きになったぐらいだ。

男が脱ぎ散らかした靴下を黙って拾って暮らすより、「アタシはこうしてほしいんだけど」とちゃんと主張している歌の方が健康的な気がする。たとえ主張した結果、ハンマーで殴られても、だ。

西野カナの曲は男にモテる曲ではない、だが女のために歌われてきたことだけは確かだろう。

第11回

婚活における
モテを知りたい

幸せになりたいだけなんですよ

先日飲み会で久しぶりに担当に会った。

その会には、私の他社担当も数人参加しており、奇しくも同世代の女性が多かった。

私は引きこもりの上に、友達が少ないので、こんなに妙齢の女がそろった場に出くわすことは、次の元号までないだろう。

せっかくなので「最近モテ情勢はどうですか」と、政治の話でもするかのように聞いてみた。

すると、一様に反応が芳しくない。ただ「カレー食っている時にクソの話をされた」という顔ではなく、洒落たダイニングバーのお通しが切干大根だった時のような「盛り上がらない顔」なのである。

つまり「モテ」自体「今すぐ食いつきてえ」というような、ホットトピックではなくなってきている、ということだ。

確かに、男に選ばれることで女の価値は決まるみたいなコンセプトではウケるどころか大炎上するようになった昨今である。

モテ以外に価値を見出す人が増えた、つまり昔より「モテの価値が下がった」ということだ。

この本としては「主題が廃れる」という、痛恨の極みだが、価値観が多様化したというのは、人間にとっては良いことだ。

しかし、多様化しただけで、モテや、まして恋愛や結婚が完全にオワコンになったというわけではない。

では恋愛、結婚、が最重要ではなくなった今、何が人間、特に女のゴールになったかというと「**自分らしくありのままに生きて幸せになること**」である。

なぜ急に松たか子が歌い出したのか、と思ったかもしれないが、J－POPの歌詞ではなく、この漠然としたものこそが、本当に昨今の女の目指すものなのだ。

つまり、価値観が多様化したことにより自由になったのは良いが、逆に「何がゴールかすらわからねえ」というフリースタイルダンジョンに突入してしまったのである。

結局、多様化というのは「迷路が複雑化した」ということなのだ。

今まで「一本道の行き止まり」だった女の人生が「迷った末に行き止まり」になりかねないということである。

迷う権利すらなかった時代に比べれば恵まれているのかもしれないが、自分で選べるということは、日本人の主食「自己責任論」が容赦なく襲い掛かって来るということでもある。

だが、どれだけ道が分かれていようが、人の最終目的は「幸福」だ。

我々日本人は、何故か災害時に出勤してしまうような変態性を持ってはいるが、まだ幸せになりたくない、と言うほどのドM国家ではない。

その幸福になるための道として、恋愛、結婚、そして出産などを選ぶ人間は未だ多いのである。

特に「結婚」は全くオワコンではない。

私も既婚だし、担当どものプライベートには切干大根より興味がないので、確認したわけではないが、その場にいた女性担当の半分ぐらいは結婚しているようだったし、その場でも「婚活」の話題はカナッペが出て来たぐらいには盛り上がった。

このように「婚活」という言葉も、割と最近出てきたものであるし、廃れる様子もない。むしろ婚活産業需要は年々高まっているように見える。

そんな「婚活ブーム」の割に日本は相変わらず晩婚化の少子高齢化で、矛盾しているように思えるが、やはり結婚したいという人間自体は昔より減っているのである。

ただ「これだという相手との間違いのない結婚」への需要が高まっているのだ。

だったら「実は妻子持ち」のような隠し剣鬼の爪を持っている相手が、どこに潜んでいるかわからぬフリースタイルダンジョン内で探すより、多少金はかかっても、ある程度相手の身元とプロフィールが開示されている結婚相談所などで探した方が、早いし安心だと言えよう。

つまり結婚したい人間が増えたわけではないが、安全性合理性を重視した結婚をしたいという者が増えた、というのが今の婚活ブームを作りだしているということだ。

そんなフリースタイルダンジョンより安心安全合理的なはずの婚活コンテンツ内の実情はどうなのか、そして婚活界でもやはり「モテる」「モテない」はあるだろう。

そんなわけで今回のテーマは「婚活」である。

ちなみに、婚活と銘打っている場所なら本当に安全に出会えるかと言うと、まず「否」だそうだ。

聞いたところによると、最近婚活サイトなどで出会った相手と会った際、トイレに行っている間に財布から金を抜かれるという事件が起こっているそうだ。

「人口が増えれば荒れる」の好例であり、婚活産業も数が増えたため、劣悪なところも増えているし、盗っ人まで紛れこんでいるのだ。

つまり、今の婚活の極意は「相手に好印象を与えるコツ」などという生ぬるいものではなく「便所に立つ時は財布を持て」なのである。

どうやら婚活とは、あまり治安が宜しくない国に旅行に行くのと同じのようだ。

果たして本当に、フリースタイルダンジョンよりそこは安全なのか。

そんな戦場でのモテとは一体何なのか、「弓が得意」とかだろうか。

三十女の婚活事情

今回のテーマは「婚活」になったわけだが、それより先に担当の方が婚活について独自にリサーチしていたようである。

現に突然このようなメールが送られてきた。

「腸《はらわた》が煮えくりかえるほど無礼な結婚相談所系の本があったのでお送りしたいと思います」

瞬時に「送るんじゃねえ」と、思った。せめて何も言わずに送って欲しかった。「炭疽菌を送ります」と言ってから送る奴があるか。

担当の腸が煮えたと言うことは、同世代である私の腸もアナルまで煮えるに決まっている。

自分の内臓でクレアおばさんのシチューが出来上がるとわかっていて読むというのは、慰謝料をどこにも請求できない当たり屋と同じであり、担当は最悪「労災だ」と主張することが出来るが、無職の私にはそれも出来ない。

つまり全損である。

だが、担当も途中で、そんなに中年女のモツ煮込みを量産しても仕方がねえと気づいたのか、その本はやめて「もっと役に立つ本を送ります」と言ってくれたため、私の菊門は貞操とは別の意味で守られた。

だが読者も、その腸が液状になって尻から出たという結婚相談所本の内容が気になる所だろう。

よって担当がその内容を端的に説明してくれた。

「女は三十歳過ぎたら選ぶ立場ではない、ひざまずいて結婚の許しを請え」

私の代わりに犠牲になった担当と担当の腸に感謝である、上行結腸ぐらいなら臓器提供したいぐらいだ。

これなのだ。

婚活および、それに付随する結婚相談所や婚活産業の話になると、モテ以前に避けては通れないものがあるのだ。

それは「婚活市場に三十以上の女不要論」である。

つまり三十過ぎた女は商品ではない。

どうしても商売したいなら、そこの「ワケあり品」ワゴンに乗って、貧乏学生という名の低スペック男相手にやれ、それすらも「手に取ってもらえるだけありがたい」ということを忘れるな、という論である。

しかし、婚活産業において三十代の女は主要顧客層なはずである。

そんな太客が鏡月しか頼まない客扱いで、卓に「昨日栃木から来ました」みたいなヘルプしか座らず、「成婚」という名の本命に全く辿りつけないというなら、結婚相談所などは経営が成り立たないはずである。

よって三十過ぎの女は全く相手にされないというのは誇張だろう。しかし、婚活をする中で「そういう目に遭う」ことは実際にあるようだ。

飲み会にも参加していた別担当によると、三十代後半でなかなかの美人である友人が、婚活サイトで婚活を始めたところ、自分と同世代の男からのコンタクトは全くなく、自分からアプローチしても返事も来ず、来るのは四十代後半以上、もしくはバツイチなどの「特記事項あり」の男ばかりで「会う」ところまでにすら行けなかったという。

当然その友人は大いに自信を失い、落ち込んでしまったそうだ。

おそらくそんな時に現れるのが「己の無価値さを思い知ったか、さあ跪け！　そうすればお前は結婚できる、いや、してもらえる」という、例の火を使わずに三秒でモツ煮が出来ちゃうクックパッド泣かせな婚活本なのだろう。

残念ながら、婚活本やモテ指南本の中には、このような、開いた瞬間「身の程を知れ」とビンタしてくる物が結構あるのだ。

確かに、可能と不可能を知ることは大事だ。

「嵐全員と結婚したい」と言っている女がいたら「それは無理だ」と言ってやらなければならない。だがそれは「法律上無理」という意味であり、アドバイスするなら「一人に絞れ」だ。

その婚活本も、目的が「結婚」のただ一点だけだというなら、有用な本だと思う。

女の自信をへし折り、「私のような割引シールが三重貼りされた女と結婚していただけるなら、犬でも構いません」という状態にさせれば、結婚相談所が欲しい「成婚率」という数字は上がるに決まっているからだ。

逆に言えば「犬でもいいからとにかく結婚させとけ」ということであり「あとで利用者が『あ、こいつ犬じゃん』と気づいても知らん」ということだ。

それに、**悪い男が食い物にするのは、ブスでもババアでもない、自分に自信のない女だ。**

まず女の自信をなくさせようとする婚活本やモテ指南本は、そういう悪い男に群がられている様を「モテ」と呼んでいるだけなのである。

たとえ婚活本として優秀でも、人の自尊心を折ろうとする本は、どんな吐き気を催すエロ本より先に有害図書として白ポストにボッシュートされるべきだ。

しかし、こういったものがビニ本ですらなく、普通に流通しているということは、世の中の婚活女は全員、地べたに跪き、犬に向かって「結婚していただき、ありがたき幸せ！」と平伏しているのだろうか、世もエンドすぎる。

そうだとしたら、結婚が女のゴールだと信じて疑われていなかった、フリースタイルダンジョン時代以前の一本道ドンづまり思想と何ら変わりないではないか、これには松たか子も興ざめで、マイクを置いて楽屋に帰ってしまう。

だが、みんなもたか子も安心してほしい。

これはあくまで、婚活本に見せかけたモツ煮込み料理本に書かれていることである。

担当は言っていた、「もっと役に立つ本を送ります」と。

その結婚で、自分を好きになれるのか

早速担当から「役に立つ」婚活本が数冊送られてきた。

まず一冊目は『スパルタ婚活塾』だ。

これは大丈夫なのだろうか、やはり担当の気が変わり「同じ地獄を味わわせねば気が済まぬ」と腸が煮える方を送って来たのではないか、著者が男性というのも気になる。

恐る恐る読んでみると「女よ。そうだ、今これを読んでいる貧乳のお前だ」と突然罵倒された。

このように全ページ口が悪すぎるのだが、これだけ汚い言葉を使っていながら、書かれていることは、例のモツ煮込み婚活本とは真逆なのである。

本書も一ページ目からビンタが飛んでくる本なのだが、それは「妥協すんな」というビンタなのである。

希望条件の話になると「希望年収八百万？　寝言を言うな、二千万、三千万の男がいるのに何故八百万なのだ、ふざけているのか？」とブチ切れ、年齢のことになると「友達の母親（二十五歳年上）と結婚したペタジーニ」の話を持ち出し「悔しい」と言い出す始末なのである。

続いての本は『妥協するなら結婚するな！　無敵の婚活女』だ。

もはやタイトルで「妥協すんな」と言ってしまっている、ちなみに婚活女と書いて「ヴィーナス」と読む仕様である。

世界広しと言えど、こんなキラキラネームの女児はまだ存在しないだろう、婚活女と書いて「ヴィーナスちゃん」、名付けるなら今だ。

そして最後は『魔法の「メス力」』である。

「雌か？」という疑問形ではない「メスりょく」だ。

「女子力とかぬるいこと言ってるからお前は犬に土下座するはめになるんだよ」というパワーを感じる言葉だ。

帯にも「女は誰でもどヒロイン。脇役やってる場合じゃない！」と力強いことが書かれている。

どの本にも「男の靴を舐めて結婚してもらえ」などとは一文字も書かれていない。三冊とも開いた瞬間「自分を安く見せるんじゃねえ」という猛ビンタが飛んでくる。

これは最初の方に取り上げたモテ本の古典『ルールズ』に通ずる物がある、あれも堂々としてりゃ、年収一千万以上のニコラス・ケイジ似が自然に寄ってくんだよ、手前から男に話かけてんじゃねえ、という本だった。

ニコラスについては好みの別れるところだが、自分を低く見積もり、エロゲーに出てくる女のように「結婚して」とマジックで内股に書いて男の前にM字開脚しても、引かれるか、その低さに見合った低い男が寄って来るだけ、ということである。

しかし、この三冊が「婚活実用本」として有用かは正直わからない。ダイエット本に書いてあることは正しくても、それを実践できるかどうかは別なのと同じであり、そう簡単に年収三千万のニコラスが自分を姫扱いしてくれるとは思えない。

だがたとえ婚活が上手く行かなくても「自尊心が高まる」という意味でこの三冊は良書であり、有益である。

他人とは、くっついたり離れたりするのが常だが、自分とは死ぬまで一緒なのだ、だったら結婚よりも自分を好きになれることの方が重要なのだ。

逆に結婚は出来たが、自信はすっかり失ったというなら、それは大きな損失である。

そもそも「私は自分のこと無価値と思ってますが、結婚相手にどうですか?」と言う方がどうかしているし、その売り文句で買う男だってどうにかしているに決まっている。

ところで、婚活で妙齢の女の心をくじく「同年代の男から相手にされない」という構図だが、何故そんなことが起こるかと言うと、ただ男が若い女が良いと思っているからだけではなく、女側のアクションも原因になっているようだ。

結婚相談所や婚活サイトだと、まず相手を「データ」で選ぶことになる。

女の場合、その中で「年齢」を最重視する者は少なく、学歴や職業、収入重視で選ぶ場合が多い。

よって、二十代の女が同世代の男より、収入の高い三十代の男にアプローチすることも珍しくないのである。

そうなると三十代の男は「俺二十代の女イケるんだ」と判断し、三十代以上の女を除外してしまうそうだ。

中には、インスタ映えならぬ「データ映え」する男が、三十歳すぎて初めて「モテ」を経験という「婚活デビュー」を飾ることもあるらしい。

だが、そういう男は急激なモテで勘違いを起こしてしまい「もっと条件の良い女イケる」「もっと若い女イケる」「JK！　JK！」となってしまい、結局上手く行かないことが多いそうだ。

このように、同世代の男が寄ってこない問題は、男女の思惑が絡み合った結果なので如何ともしがたいが、だからと言って、自分は一回り以上年上のワケアリで妥協しないとダメなんだと、思う必要はないと思う。

私の友人の知人は「ダメなんだ」となってしまい、婚活サイトで知り合った四十代バツイチと会ったらしいのだが、見事な「ヤリ目」がやって来たという。

すでに、盗っ人が紛れ込んでいる婚活業界であり、セックスしに来ている奴がいても何ら不思議ではない。

ちなみに、ヤリ目でなくても、結婚するに相応しい相手かどうか判断するために「セックス」を求める者も普通にいるという。

もちろん、相応しくないと判断されれば、結果的にはスパーク一発やりにげと同じである。

しかし、そのような「セックステスト」に応じる婚活女は結構いるそうだ。

婚活も、ヤリ目に盗っ人、さらにセックス試験というエロ同人誌展開が待ち受けている、蛇の道なのだ。

「そこまでしてすることじゃない」とあきらめるのも、多様化社会としては正しい選択である。

第12回

いつまでもオタクがモテぬと思うなよ

モテるオタクというのは存在しうるのか

今回のテーマは「オタクとモテ」である。

聖母とヤリマンぐらい対極にあるものではないか、と思うかもしれないが、それは偏見だ。

オタクだからモテないのではない。「モテないオタク」と、「見た目からしてオタクだろうと思われているただのモテない奴」が存在するだけだ。

もちろんモテるオタクもいれば、モテないサマンサタバサ店員だっているはずなのである。

このように「モテないオタク」というのはイメージとして意外性も何もない。

モテないことが「標準装備」感すらある。

それよりも「モテないバンドマン」の方がタイヤがない車ぐらい、致命的な感じがするだろう。

つまり、オタクはモテないことによるダメージが一番少ない、とも言える。

ではなぜオタクに「モテない」というイメージがついたのだろうか。

まずオタクと言ったら「デブ（ガリにマイナーチェンジ可能）」「不潔」「バンダナ」の三種の神器保持者という、昔のイメージが未だに残っているからだ。

また現在も数こそ減ったが、神器を全て揃えたヤマトタケルノオタクはいるので、そのイメージがなくなることはない。

そして、オタクと言ってもジャンルは様々だが一般的には漫画やアニメを好むものと思われている。それらを「子どもの趣味」と思っている人からすれば、オタクというのは「幼稚」に見えるのだ。

また、二次元ばかり相手にしているため、奥行きがあり、プログラミングされたセリフ以外を喋る人間を前にすると、どうしたら良いかわからない「コミュ症」である、とも思われている。

つまりオタクというのは「見た目がキモい幼稚なコミュ症」ということだ。

こんなのモテるわけがない。

現金で二兆円持つ以外、モテる術がない。

当然これは「オタクへの偏見」だ。

一つも当てはまらないオタクもいるし、逆に「オタクじゃないのに見た目がキモい幼稚なコミュ症」だっていくらでもいる。

しかし、そういう偏見が世の中にある以上オタクは非オタクよりモテから遠ざかる。

そして「偏見どおり」な部分があるオタクもやはりいる。

だがそもそも「モテ」などハナから興味がないオタクもいるのだ。

X軸とY軸だけで構成された小学五年生男子しか愛せない、という性的倒錯者だから、という意味ではない。

オタクというのは、忙しくしようと思えばいくらでもできるのだ。

特に盛り上がっているジャンルなら時間と金がまるで足らない。

たとえ自分しかファンが見当たらないような過疎地でも「自給自足」と言って、推しの絵や小説を書いたりすれば、いつの間にか六時間ぐらい経っているものなのだ。

つまりオタクであればあるほど「恋愛」などという、この世で最も面倒くさい上にコスパが悪いことにかける時間や金などないのである。

大体漠然と「恋人が欲しい」と言っている時は「暇」なのだ。

オタクはそんな暇がないし、趣味で「満たされている」ので「寂しい……」などとSNSでつぶやくこともない。

そういうつぶやきには、寂しい女狙いの男が近づいてくる。

しかし「推しが尊すぎる、しんどい、つらい……」と言っている女に「俺の出番か」と寄ってくるバカな男はそうそういないのである。

この「そもそもモテを必要としていないオタク」の存在が「オタクはモテない」というイメージに一役買っているのかもしれない。

しかし「モテたい」「恋人が欲しい」と思っているオタクも当然存在する。

そんなのオタクじゃねえと思う人もいるだろう。

または「結局オタクは三次元の人間に相手にされないから、二次元に逃避しているだけで、本当は三次元が良いんでしょ」と思うかもしれない。

どちらも間違いである。

「好きな食べ物はカレーとハンバーグです」と言って「どっちかにしろ！」と怒られたら「別にどっちも好きでいいじゃねえか」と思うだろう、それと同じことだ。

世の中には趣味を持ちながら、恋愛や結婚をしている人はいくらでもいる。オタクばかりが二次元に永遠の愛を誓わされるのはおかしい。

二次元も好きだが、三次元の人間と恋愛や結婚もしたいと思うのは、普通だし、現に恋人がいたり結婚しているオタクも多く存在する。

だが、いざ恋愛や結婚をしようとした時、今までオタク業に邁進しすぎたおかげで、見た目がナチュラルという名のジャングルだったり、話題がボーカロイドとVチューバーの二つしかないという場合もある。

ちなみに一般人から見れば「話題が一つしかない」のと同じだ。

オシャレでコミュ力のあるオタクもいるが「見た目に無頓着でコミュ症」という、古き悪きオタクらしさを持ったオタクは、いざ恋愛や結婚をしようとしても、苦戦を強いられるようである。

また、上手く相手が見つかったとしても、ついつい趣味の方を優先してしまい「私と夢見りあむどっちが大事なの!?」と地獄みたいな詰問をされて破局する場合もある。

よって最近は「オタクだけが集まる街コン」や「オタク専用結婚相談所」など、オタクに絞った出会いを提供するサービスも増えてきている。

では、オタク同士の恋愛、オタク間のモテとはどんなものだろうか。

オタ婚活の実態

最近は、オタクだけを集めたパートナー探しの場もある。有名なところでは「とらのあな」が主催している結婚相談所「とら婚」あたりだろうか。

最初そのニュースを聞いた時は「オタク同士なら仲良くなれるだろ」という非オタ特有の雑な感覚だと思った。

しかし、よくよく考えると「オタク同士で出会える」というのには、やはりメリットが多い気がする。

コミュ症オタクの特徴として「自分の好きな分野のことになると、早口かつ饒舌」というのがある。

その反面、自分の興味外の話になると、死んでいるのか、というぐらい静かなのである。

よって「スイッチが入ったオタク」というのは「死体がいきなり早口で喋り出した」ようなものなので、一般人にとってはキモいを通り越して怖かったりするのだ。

「オタ婚活」といっても
・オタク力10
年収一千万
・オタク力100
無職
コッチがモテるわけじゃない。

いきなりオタトークをするわけにはいかない初対面の相手と出会ったところで大体「死体」のまま制限時間終了である。

もしくは、何らかのきっかけでスイッチが入り「死体が突然流ちょうに、よくわからないことをしゃべり倒す」というホラー体験を相手にさせるだけになってしまうのだ。

それに、漫画やアニメのような所謂「オタク趣味」というのは相手によっては「引かれる」可能性がある。

よって「ご趣味は」という鉄板の質問にも正直に答えるのが憚《はばか》られるのだ。

だからと言って、それ以外は特に何もしていないため、オタク趣味を隠そうとしたら「休みの日はひたすら虚空を見つめているヤバい奴」になってしまうのだ。

それにオタクであることを隠して交際をすると「いつそれをカミングアウトするか」という問題が出てくる。

つきあった後に引かれたら嫌だし「結婚するならそういうのはやめて」などと言われたら最悪である。

そのためひと昔前は「恋人が欲しかったらオタクからは足を洗いましょう」という、乱暴なアドバイスも多かった。

しかし、最近では「オタクの何が悪い」と、オタクのままパートナー探しをするのが主流である。

すると相手は「オタク趣味に理解がある人」に限られてしまう。

そのハードルもオタクしかいない出会いの場であれば、自動的にクリアだ。

また、お互いオタクとわかっていれば、カミングアウトの心配もない。

そして「最初からオタトーク可能」というのも大きい。

そもそも「婚活疲れ」の原因は「一から関係性を作り出すのに疲れるから」が大きいそうだ。

いろんな人に出会い、そのたびに当たり障りのない「初対面会話」をして探り合いをするのは非常にストレスなのである。

対してオタ婚活なら相手も同類なので「いきなり好きな分野の話から入ってOK」である。

婚活自体は上手くいかなくても、オタトークが盛り上がればストレスも少ないかもしれない。

その点に関しては普通の婚活よりもオタ婚活の方が「1歩リードしている」と言っても良い気さえする。

最初は「オタクを舐めやがって」と思ったオタクの結婚相談所だったが、これらのメリットを考えるとなかなか画期的である。

そう思ったのもつかの間、オタクの結婚相談所「とら婚」がツイッターで「オタク以外の趣味も持ちましょう」と発言するという事件が起こった。

当然「オタク相手に商売しているのにオタクを否定する気か」「やっぱり結婚したいな

らオタクをやめろってか」と大いに炎上した。

しかしこれは「オタクをやめろ」という意味ではなく「結婚したいならオタク以外のプラスアルファを持て」というアドバイスである。

オタクなことが売りの結婚相談所なのに「オタク以外のものを持て」とはこれ如何に、と思うかもしれない。

しかしオタク結婚相談所ゆえに、そこに集まるのは「全員オタク」というアウトレイジのポスター状態なのだ。

そして、いくらオタクの結婚相談所とはいえ「歴代ガンダムを早く言えれば言えるほどモテる」というような特殊世界観ではない。

「オタク」という属性は重視されても「オタク力」が強いほど婚活が上手くいく、というわけではないのである。

つまり「全員オタク」の中から抜きんでようと思ったら結局「オタク以外の部分」が大事ということになってしまうのである。

ではオタクの婚活において重視される「オタク以外の部分」とは何だろうか。

おそらく「人柄」「顔」「年収」などだろう。

当たり前だ。

全員オタクだったら、人柄が良かったり、高スペックのオタクがモテるに決まっている。

結局「オタク」というのは「きっかけ」でしかなく、そのスタートダッシュキャンペーンが終わったらあとは、一般の結婚相談所と何ら変わりない部分での勝負になるのである。

オタクである前に人間である。

たまに推しが尊すぎて「早口暴れゴリラ」としか形容できない状態になっていることもあるが、平時は人間である。

よって結婚するなら、オタクであることより「人間としてちゃんとしているか」の方が重要なのだ。

むしろ「オタク」という要素の方が「プラスアルファ」なのだ。

当のオタクも「人柄や経済力があれば相手は別にオタクじゃなくていい」と思っていたりするのである。

オタクの結婚相談所と言っても「オタクがモテる異世界」というわけではないのだ。

愛の同義語としての「無関心」

オタクの恋愛や結婚も、非オタクのそれと大して差があるわけではない。

では実際、オタク同士、または片方がオタクで片方が非オタクの恋愛や結婚とはどんなものなのだろうか。

オタク同士と言っても、世の中には様々なジャンルがあるし、男と女で好む分野も違う。

よって「ジャンルまで被る」ということは稀である。

むしろジャンルが被ると「同担拒否」や「解釈違い」「あのキャラは絶対受けだろう」と、さらに揉める可能性が出てくる。

しかし、ジャンルは違えど「オタク特有の考えや動き」というものがあるので、わかり合いやすいのだ。

また「お前の舞台遠征を許すから、俺の夏冬コミケ参戦も許せよ?」という協定を結びやすい。

相手が非オタクな上、オタクであることを隠してつきあうと「夏冬数日何の説明もなしに必ず姿を消す」という「疑念」しか起らない行動を取ることになってしまう。

説明しようと思ってもまず「コミケ」というものから説明せねばならず、説明したところでわかってもらえるかは不明だ。

では、オタクと非オタクがつきあうのは難しいのか、というとそんなことはない。

たとえ相手の趣味を「キモい」とさえ思っていても、それを口に出さず「放っておく」ことが出来れば、十分つきあえるのである。

何故なら漫画「恋の門」の恋乃のように「自分がコスプレイヤーだから、全くオタクでない彼氏にもコスプレをさせて、コスプレパーティに同行させる」という「パートナーを自分の趣

大事なのは「理解」というより
「否定しない」こと
よく
わかんないけど
好きなんだな

味に染めたいオタク」というのは、少数派なのだ。

求めるのは「ちょっと（コスプレパーティに）出て来るね」に対し「わかった」の一言のみである。

つまり、**オタクのパートナーに対し本当に必要なのは「理解」ではなく「無関心」と「放置」なのだ。**

むしろ、オタクというのはクソ面倒くさいので、己の趣味に関し「わかった風」で来られると、逆にムカついてしまう。

それよりは「全然わからないけど、勝手にしやがれ」と壁際で寝がえりうたれた方が楽なのだ。

趣味がジョギングという人に「えっ⁉ 推し公園はどこですか⁉」と食いついたりしないだろう。

それと同じようにオタク趣味も「へえ～」と流してほしいのである。

ただ、オタクの方も、趣味にばかりかまけない、パートナーと一緒にいる時はそっち系の話はしない、「俺がエレンをやるからお前はミカサを頼む」など強要しない、など配慮は必要である。

よって、ここで「オタク系の話以外、話すことがない」だと詰んでしまう。

つまり「とら婚」が投下した「オタク以外のものを持て」という爆弾も、爆発炎上はしたが「的は射ていた」と言える。

またオタク同士でも「両方オタクだが、趣味に対する考えの違い」で破局することはある。

オタク趣味というのは、種類にもよるが、極めようとしたら時間と金がかかる世界である。

よってオタク同士で結婚となったら「お互い金のかかる趣味がある」という状態からスタートしてしまう。

結婚したら「趣味は家計の範囲内」にすることは余儀なくされるが、一方が「趣味最優先」を変えなかったら揉めるし「お互い趣味最優先」だったら、石油王カップルでないかぎり、破綻してしまう。

自分は趣味を我慢しているのに、相手は野放図に趣味に金をかけ、それに苦言を呈したら「お前もオタクなんだからわかるだろう」と言われたら「オタクなんかと結婚するんじゃなかった」と思ってしまうだろう。

逆に「無趣味」な人は交際段階ではつまらない人でも、結婚すれば「金のかからないありがたい人」に昇格したりするのだ。

つまりオタ婚活は、最初から話が合いやすいというアドバンテージがある分「その趣味を結婚生活の範囲内でやってくれる人か」を見極める必要が出てくるのである。

これはオタクだけでなく、妻が子育てや家事に追われている間、夫は飲み歩き、文句を言ったら「これは俺にとって必要なことなんだ」と言われたら、傷害事件待ったなしであろう。

優先順位を間違えると、オタクだろうが非オタクだろうが関係は破綻してしまう。

オタクにとって趣味は大事なものだが「何があってもそれが最優先」というオタクは、やはり恋愛や結婚には向いていない、と言える。

ちなみにリアルに嫁がいて、二次元にも嫁がいるという状態は、重婚ではないかと思われるかもしれない。

オタクとしては両方好きだし、好きの種類が全く違うので容赦してほしいというのが本音である。

しかし、世の中には「AVで抜くのも浮気」と、浮気に対するジャッジが厳しい人もいる。そういう人はオタクとつきあわない方がよい。

オタクの恋人は二次元とはいえ、自分以外の異性に好意を持つし、さらにそれが複数人にわたる時がある。

つまり二次元を「浮気」に含めると、オタクはとんでもない浮気野郎になってしまうのだ。

またグッズやガチャなどで「浮気相手に大金をつぎこむ」こともあるだろう。

そして、オタクである以上、新しい推しはできるものなので、「浮気を何度も繰り返す」のである。

オタクとつきあうときは「二次元の愛人は気にしない」。それが最低条件である。

第13回

〝面倒くさい〟のにモテる者たち

捕まっちゃあかん男と女たち

最近、気温のせいなのか年のせいなのか、ホルモンバランスなのか、精神的に不安定です。

今日も、ハナクソの深追いという自傷行為をしてしまいました。

やめなきゃ……と思いつつ、ハナクソにちょっと血がついてる時だけ「イキテル……」と生を感じることが出来るのです。

わかっているの、こんなことしたって、何にもならないって、アイムゴッズチャイルドこの腐敗した歌舞伎町に落された強く儚《はかな》い女王、ここでキスして。

ブラウザを閉じたり、端末を叩き割ろうとするんじゃない、リスカするぞ。

そんなわけで今回のテーマは「不安定で面倒な奴のモテ」だ。

「メンヘラのモテ」と言ってしまえば簡単だが、この言い方だといろいろ語弊があるので、疾患ではなく、あくまで性格面が面倒クサいタイプのモテ、またはメンがヘラりがちな人のモテ、という意味と思っていただきたい。

顔と性格が良くて金を持っていればモテる、それは覆《くつがえ》りようのない事実だ。

しかし「恋愛」というのはそういった、ごく一部の選ばれし者しか出来ないものではない。

もしそうだったら、人類はとっくに絶滅しているか、顔と性格が良くて金を持っている人だけが少数残っているだけだと思う。

地球的にはその方が良かったかもしれない。

そんなに優れていなくても恋愛は出来る。

それどころか、顔が悪く金もなく、コピーバンドさえ組んでいない男が絶えず女に食わせてもらっていたり「あの子ブスなのに何故かモテるよね」とブスに言われている女がいたりと「不思議」が多く存在するのも「恋愛」であり「モテ」である。

精神面においても、出来れば面倒なタイプとはつきあいたくない、と思うはずだ。

しかし世の中には、リストは常に切れているが、男は切れないという女もいるし、軟禁を「お部屋デート」だと彼女に納得させている男もいる。

世間を見ても「恋人のメンがヘラりがち」なことに悩んでいる人間は多い。

どれだけ情緒が波乱万丈でも、それにつきあう相手は存在するということだ。

むしろモテている説まである。

実際は「こいつ俺好みのメンのヘラり方してんな～」と「ケツの形がいい」みたいな理由で選んでいるわけではなく、つきあってから「ヘラってた」ことが判明して困る、というケースの方が多いらしく、決してそういうタイプが特別モテるというわけではない。

しかし世の中には「あえてメンがヘラりぎみな女を彼女にしよう」という地獄みたいな提案も存在する。

もちろん将来僧になって、結婚してグレッチで殴るための「修行」として、そういうタイプとつきあおう、と言っているわけではない。

提案元によると、メンがヘラりがちな彼女は、ちょっと面倒ではあるが、セックスが上手かったり、料理が出来たり、何より美人でカワイイので、彼女にする価値は十分アリ、なのだそうだ。

何なのだろうか、その「俺が考えた最強の都合がいいメンヘラ女」は。

二次元どころか「脳内」以外に存在するとは思えない。

これは一時期「最近のオタク女はみんなカワイイ、コスプレするからスタイルも良く、衣装を自分で作るから家庭的で、もちろんエロい」と言われていたのと同じ現象だ。

だったら、普通の可愛くてエロい女とつきあえよ、オタクやメンヘラの霊圧なんかほとんど消えてるじゃねえか、と思うだろうが、もちろん「オタクやメンヘラ女は可愛くてエロい！　さらに普通の女より落としやすい！」というさらに都合のいい属性もつけられている。

おそらく「ちょっと面倒」というのも「若干束縛が強い」程度で、出て来たとしても「カッター」ぐらいで、狩猟免許を持っている人が買うナイフが出てくるとは夢にも思っていないだろう。

そもそも、本格的にメンがヘラってたら料理どころか、風呂にも入らないし、料理するとしたら食材はお前かお前の浮気相手である。

都合よく胸と尻だけ出てて他は引っ込んでいる女を男が「ぽっちゃり」と表現するように「エロくて可愛くて、ちょっと愛重めな尽くしてくれる女」のことを「メンがヘラってる系彼女」と言っているのだろう。

メガネをかけたイケメンのことを「文系男子」と言っているのと大差ない。

ちなみに「理系男子」はメガネをかけていて白衣を着ているイケメンのことだ。

ところで「メンがヘラってる女は可愛い説」だが、確かに、SNSとかに自撮りと共に病みツイートをしている女はみんなカワイイ気がする。

しかし、そもそも「自撮り写真をネットにあげる」という行為自体、自分の容姿に自信がある女しかしないのだ。

つまり「顔のイイメンがヘラっている女しか自撮りをあげない」=「メンがヘラっている女はみんなカワイイ」という誤解が生じてしまっているような気がする。

全員カワイイわけはなく、そうじゃない女は顔を出さないだけだ。

メンがヘラっていようがヘラっていまいが、何故かその判断だけは冷静にできるのである。

「メンヘラ」の〝良さ〟とは

疾患ではない、所謂「面倒くさいタイプ」という意味で使われる「メンヘラ」とはどんなタイプなのであろうか。

まず束縛がキツイのが基本だそうだ。

「いつどこで誰と何を何のためにどのような方法でしているのか」という「5W1H」の「ホウ・レン・ソウ」を24時間、常に求めてくるという。

このように「株式会社メンヘラ」の業務形態はどこよりも厳しく、並の体力と精神力ではとても務まらない。

そして「疑心暗鬼」である。

ドラクエ4で裏切り小僧に騙された後のホフマンぐらい信じる心を失っており、常に「私のこと本当に愛してるの?」と疑い、少し連絡が取れなかったら「浮気してるでしょ」と疑う。

ホフマンだったら「信じる心」というそのまんまなアイテムを見せれば解決なのだが、現実はそうもいかない。

愛してるかとコールされるたびに愛しているとレスポンスし、今すぐ会いに来てと言われたら午前二時に過呼吸を止める紙袋持参で会いに行くしかない。

ただ「今すぐファミチキ買って来て」と言い出したら、それはメンヘラというよりただの調子にノッている女である、彼女かどうかさえ怪しい。

このように、メンヘラが何か面倒くさいことを言ったら常に最高の反応を返さなければ

いけないのだ。

アリーナ二階席柱横の客のような鈍い反応ではメンヘラは「愛されてない」と思ってしまう。

つまり極度の「かまってちゃん」なのが、一般的に言われる、メンヘラタイプである。

それも相手の気を引くために、求愛ダンスを踊ったり、色とりどりの羽を激しく羽ばたかせるような鳥類型なら良い。

だが、メンヘラの気の引き方というのは、総じてネガティブなのである。

「どうせ私なんか」といじけて「そんなことないよ」と言わせたり、「マジ病み……」と病んでるアピールをして心配してもらおうとする。

果ては「今から死んでやる」と自分を人質に相手を脅して関心を得ようとする。

他人事なら「ほっとけ」「いっそ本当に死んでしまえ」と言えるが、何せ恋人である。

エロくて可愛いのかはわからないが、何らかの好きな所があってつきあい始めているのだ。

それに、メンがヘラっている人というのは、ただかまって欲しくて、辛くもないのに辛いふりをしているわけではない。

マツコの知らない世界を見ながら「マヂ……無理……」というLINEを彼氏に送っているわけではなく、本当に無理と思って送っているのである。

交際相手として、そんな相手を、完全に放置するというのはなかなかできないのだ。

よって、メンがヘラり気味な相手とつきあうと、疲れ果て自分の方が「モノホン」になってしまうこともあるようだ。

また、メンヘラは愛が重いからと言って、必ずしも一途というわけでもない。

これはどちらかというと二次元にいる「ヤンデレ」だ。

何故なら、依存型のメンがヘラりがちな人は、極度の寂しがり屋、そしてその穴を他人でしか埋められないという特徴がある。

常人ならパートナーに構われなくても、ソシャゲの周回とか、何らか別のことで時間を潰すことが出来る。

むしろ「配偶者が今日帰ってこない」とわかるや否や、バーボンと派手なレコードで朝まではしゃいでしまうタイプすらいる。

だが、メンがヘラっている人はそれが出来ないのだ。

時間を一人で潰すことが出来ず、一人でいるとどんどんネガティブなことを考えてしまうという悪循環が起こる。

もちろん恋人に「寂しくて死んちゃうから会いに来て」とＬＩＮＥを送るわけだが、恋人とて無職でない限りは、すぐには行けないこともある。

そういう場合どうするかというと、恋人が埋めてくれない穴を「今この瞬間埋めてくれる人」のところに行ってしまうのだ。

もちろん「穴」というのは下半身も含む。

つまり、一途どころか、一瞬目を離した隙に浮気をしているという、メンヘラクソビッチもいるのである。

それも本人に言わせれば「だって寂しかったんだもん（寂しがらせたお前が悪い）」ということなのだ。

これでも、あえてメンヘラ女を彼女にしたいだろうか、銀河一かわいくてエロくない限りはつきあいたくない気がする。

しかし、本当にメンがヘラっている人はファッションでそういうことをしているわけではない。

苦しんでいるのは事実であり、ただ面倒なだけではなく、良いところだってある。

よってそういう相手を真剣に愛している人もいるのだ。

そういうタイプと幸せになりたかったら、根気強くつきあうしかない。

まず相手の行動を、仏の心で、全て許し、受け入れなければならない、グレッチで殴るのは逆効果である。

そして受け入れるだけではなく、徐々に相手の自己肯定感と幸せになりたいという気持ちを高めてあげるのだ。

実際に精神的に不安定だった人が、包容力のあるパートナーを得て安定したという例は多くある。

それでも不安定な相手を安定させるというのは並大抵なことではなく、相手が我慢の限界に達し、マーシャルでどっかに飛んでいってしまい、残された方はさらにメンがヘラってしまうという無限ループの方が多い。

相手にとっても自分にとっても「あえてメンヘラを彼女にしよう」などという軽いノリでつきあって良いものではないのだ。

「メンヘラ」系男女が持つ最大の〝強み〟

前述したのは、主に女のメンがヘラったタイプの特徴である。

確かに、メンヘラと聞くと女をイメージしがちだが、もちろん男にもいる。

束縛が激しく、疑り深い、そして「自分に自信がない」という点は男女共通だそうだ。

しかし、女は自信のなさから、ありとあらゆる手段で相手の気を引こうとするのに対し、男は相手を支配し、常に上に立つことで安心感を得ようとするそうだ。

つまり、男のメンヘラは高確率でモラハラということになってしまう。

これは女よりもよほど性質が悪い、相手を故意に傷つけるぐらいなら、己の腕がギロになるまでカットしている人の方が二億倍カワイイ。

また女のメンヘールタイプは、本当にそう思っているかどうかは別として「私って本当にブス……」とネガティブで卑屈なことしか言わない。

ポジティブなことを言うのは「来世で一緒になろ！」と太目の荒縄を握り締めている時

だけだ。

対して男は、自信のなさを隠すためデカい夢を語ったり、相手の気を引くため俺ってすごいアピールをすることもあるそうだ。

そして女がインスタ映えする「今飲んでいる薬コレクション2020」をSNSにアップするのに対し、男はブランドもので身を固めた自撮りなどをアップするらしい。

よって男のメンヘールは一見すると「自信満々なタイプ」にも見え「気づかずつきあってしまう」可能性もある。

ただ、普通の人ならそういう男がいう「デカい夢」が虚勢であると気付くため、真面目に聞かない。

よって、男のメンがヘラっている人は、自分の話を聞いてくれる人、褒めてくれる人をすぐ好きになってしまうそうだ。

そのことから、メンヘラー男につかまりがちなのは、母性本能が強く聞き上手タイプが多いという。

「聞き上手」はコミュ強の条件であり、モテるといわれているが、それ故にうっかり「誰にも聞いてもらえなかったメンヘラ男の話を聞いてしまう」という「風の声が聞こえる」みたいな能力を発揮してしまうことがある。

するとメンヘラ男は「お前……俺の声が聞こえるのか!?」と

お前のためを思って言ってるのに
これを良く言うらしい →

五百年ぶりに存在に気付いてもらった地縛霊のように急速に相手に懐く、というか、取り憑いてしまう。

そしてメンヘラ野郎は、デカい事を言うばかりで、ネガティブなことは言わないかというとそんなことはない。

女同様「そんなことないよ」を頂戴するために「どうせ俺なんか」といじけたことを言ったりする。

だが「常に相手より優位に立ちたい」という気持ちがあるため、相手のアドバイスを「でも、だって」と否定し、肯定することがない。

メンヘラに限らず、そういうタイプとつきあうと、否定ばかりされ、自分の方が自己肯定感を失ってしまうので、大変危険である。

こちらも「あえてメンヘラ彼氏とつきあおう」とはとても思えない、いくら「イケメンでチンコがデカい」と言われても嫌だろう、むしろチンコがデカい方がさらに厄介な気がする。

このように、メンがヘラりがちな人というのは、やはり普通に考えるとあまりつきあいたくないタイプである。

実際つきあっている人はおり、メンがヘラっとるとわかったあとも別れず、別れてもまた別のメンヘラとつきあっている、という人も存在する。

メンヘラのどこにそんな魅力があるのか、やはり可愛くてエロくて料理が出来て巨乳で巨根なのだろうか。

おそらく、何度でもメンヘラとつきあうタイプはメンヘラが好きというより、メンヘラとつきあっている時の自分が好きなのだろう。

依存型のメンがヘラっている人というのは形はどうあれ、相手を猛烈に必要としているのは確かだ。

よって、メンヘラとつきあっている間は「誰かに必要とされている」「俺がいないとこいつはダメ」という承認欲求を満たすことができる。

ある意味、自分に自信がない者同士が支えあっているとも言えるが、その状態は「共依存」と言われ、あまり健全な関係ではないと言われている。

また「あえてメンヘラ女を彼女にしよう」とする人間も実際いる。

「メンヘラ女は可愛くてエロい」という情報を真に受けている無邪気なタイプなら良い。

むしろその明るさが、メンヘラ女を救う光となってくれる気がする。

そうではなく、自分に自信がない人間は支配しやすい、また自尊心が低い女は簡単にヤれてしまったりする。

それを利用するため「あえて」メンヘラ女を彼女にする、というか「狙う」男がいるのも事実だ。

しかしこのメンがヘラっている人たちが持つ「他者を強く求める心」というのは、モテるために必要な要素だと思う。

求めればそれに応える人も現れるだろう、だから彼女らには常に恋人がいたりするのだ。

逆にどれだけ非の打ちどころがなくても「全く他人を必要としていない人」はあまりモテない、そもそも「モテたい」という気持ち自体が、他者からの承認を求める欲求である。よってモテたかったり、意中の相手がいる場合、強い人間と思われるのは良いが「一人で大丈夫な人間」と思われたら逆効果である。

多少は「あなたのことが必要」というアピールをしたほうが良い。

ただ、「手首に刃物を当てる」など、アピールの仕方がわかりやす過ぎるのはダメである。

第14回
前澤友作氏に学ぶ「モテ」

二万七七二二人の「おもしれー女」たち

二〇二〇年一月、前澤友作氏のお見合い企画と、その中止が大きく話題になった。

真剣にパートナーを探すと言う名目であったが「自分自身の気持ちの整理がつかない」というセンチメンタルな理由での中止である。

応募総数は二万七七二二人だそうだ。

これはクック諸島の住民全員が「友作と結婚してぇ」と名乗り出たに等しい、間違いなくモテている。

つまり「結局金持ちがモテる」「女は金持ちが好き」という薄々勘付いていたが、自己防衛本能が「それよりあっちに何の取り得もない男がモテるハーレム漫画がありますよ！」と、今まで必死に見せないようにしてきた事実が白日の下に晒された結果とも言える。

まず友作は、今まで頑張ってきた防衛本能さんに謝ってほしい。

だが、確かに「金持ちがモテる」ということを如実に示した結果ではあるが、決してそれだけではない。

まず、中止を受けて、もっと前澤の友作を整理してからやれよ、と批判されたのはもちろんだが、元々売名目的、情報入手が目的で、企画内ではなく個人的に気にいった相手に声をかけるに違いない、どれだけ応募があるか実験したかっただけ、など、最初から計画的中止だったのだろう、という声も大きかった。

つまり、みな友作が、大変な策士、つまり「頭が良い」ということも理解しているのだ。

ただ、金を持っている男なら、それを失えば終わりである、しかし頭が良ければ、失ってもまた取り返すことができる、そこに魅かれたという人もいなくはないだろう。

もし友作が本当に金を持っているだけの人だったら、応募数は二万七〇二二ぐらいにまで激減していたかもしれない。

また応募のさせ方も上手いのだ。

まず、応募者は友作との相性診断をする、その結果が一定以上の者が応募できるという形である。

相性診断というのは、「友作が屁をこいたらどうする?」的な質問に選択形式で答えるものだ。

おそらく、より友作に「おもしれー女」と思われる返答をすれば相性が良くなるということだろう、友作しか落とせない乙女ゲーみたいなものだ。

そして、その結果はそのままツイッターに投稿できるようになっている。

最初友作に興味がなくても、TLに友作との相性診断の結果が並べば、気になってしまうものである。

このように、友作は非常に人の気を引くのが上手いのだ。

どれだけスペックが高くても「興味を引かれない」というのは致命的である、その点友作は自分の方を向かせるのが天才的に上手い。

また、まず相性診断をさせるというのが策士である。

いきなり「前澤友作の恋人に立候補しよう」というのはハードルが高すぎる。

そうは言っても友作は大金持ちの有名人だ、多くの女が「自分なんて見向きもされないだろう」と応募自体を躊躇してしまうはずだ。

どれだけ魅力的でも、見るからに高嶺の花であれば、挑む気すら起こらないのである。

それをいきなり「応募」ではなく、とりあえず「相性診断」とすることにより、友作の入口は一気にガバガバになった。

ツイッターに結果を投稿できるようにしたことにより「みんな友作に挑戦している」という集団意識を煽り、そして「前澤友作みんなで渡れば怖くない」という安心感を出すことにも成功していた。

その結果、女だけではなく男も普通に友作に挑んでいたほどである。

このように「流行っている」と「入りやすい」のである。

前澤友作の恋人に立候補も普通に考えれば名乗り出にくい、それを本気かどうかはおいておいて「友作のステディに立候補するのが今のトレンド」という風にすれば、みんな気軽に参加するのである。

「フォロー&リツイートで百万円」など、友作は参加の敷居を下げることで多くの人間の関心を得るのも上手いのだ。

また、相性診断の結果を数字で出し、その結果をツイッターで投稿できるようにしたのも大きい。

何故なら、相性診断とは言っているが、完全なテストである。よって「相性32％」など低い数字が出たら何となく「悔しい」のだ。

どう答えれば友作の気を引けるのか考えるようになり、気づいたら友作のことで頭がいっぱいである。

そして、他の人間が「87％」とか出していると「負けた」と感じ、自分より低い人間を見ると謎の優越感を感じる。

つまり、競争心が煽られる仕組みなのだ。

興味がなかったものでも、他人が欲しがっていると欲しくなるというのはよくあることである。

また、これで高い数字が出てしまったことにより、今まで何の興味もなかった友作に「運命」を感じてしまった者もいるだろう。

人を意識するきっかけというのは、よく目が合うとか、夢に出てきたとか、ブラがお揃いとか、非常に些細なことだったりする。相性最高と言われれば気になるに決まっているのだ。

お見合い自体は中止になったが、あの企画で友作を意識するようになった人は多いはずだ。

このように、気づいたら友作は我々の心に棲みついている。良くも悪くも「気になる存在」なことには違いない。

気づいたら友作の話で一項目終わってしまったが、なんとまだ友作の話は続く。

月がきれいですね

前澤友作の話をするのに避けて通れないのが「月」の話である。

友作は自分が月に行くことはもちろん、それにパートナーを連れて行くことにこだわっている。

相性診断にも当然、月に行きたいか否か、という質問が含まれていた。

友作とつきあうということは、同時に「月に行かなければならない可能性が出てくる」ということである。

正直言って、これはマイナス査定だ。

一説によると、ランチパックさんとの破局理由も「月はないわ」というのが、あったとかなかったとか、である。

もし、友作が月には一人で勝手に行く、と言えばもう三〇〇〇人くらいは応募が増えたのではないだろうか。

しかし、これだけガバガバな友作が、そこだけ急に締まりが良くなるのは不自然ですらある。

よほどパートナーと月へ行くことへこだわりがある、もしくは「プレミアム感」を演出するためなのではないだろうか。

金持ちも、頭の良い男も、探せば他にたくさんいる。

それ目当てであれば、友作じゃなくても別にいいはずなのだ。

しかし、パートナーと一緒に月に行こうとしている男は、世界広しといえど友作以外にはあまりいない。

つまり、他の誰でもない「友作でなければ」という唯一無二な理由がちゃんとある、ということである。

二次元でも、ただ顔と頭が良くて金持ちのキャラは人気が出なかったりする、必ずそこに「一癖」必要なのである。

つまり、友作がパートナーと月に行くことを譲らないのは一見、マイナス査定のように見えるが、逆にそれが友作というキャラを完成させる「一癖」なのではないだろうか。

月に一緒に行くと明言することで、三〇〇〇人応募が減ったかもしれないが、逆に「金などどうでも良いから、とにかく月に行きたい」という人間が一三人ぐらい応募してきているかもしれないのだ。

金目当てが三〇〇〇人増えるより、一三人の「おもしれー女」が応募してくる方に意義があるともいえる。

そして、相性診断の最後に、友作の顔写真が出てくるのだが、それが「イイ笑顔」なのだ、決してイケメンとは言わないが「愛嬌がある」と感じたのは嘘ではない。

実際「友作の顔、割と好き」と言っている人は他にもいた。

言っていたのは男性だったが、当然友作の顔が好みという女性もいるはずである。

顔というのは、最終的に一番どうでもよくなりそうな要素だが、結婚ともなれば、相手の顔を毎日見るということである。

サボテンに優しい言葉をかけ続ければ花を咲かせるように、人間も好きな顔を毎日見ることができれば明るくなる。

逆に言うと、家に嫌な顔がいると、心が腐る。

絶世の美女やイケメンとまでいかなくても、自分の好みでなかったり、少なくとも愛嬌を全く感じない人間と、長く一緒にいることは不可能である。

そして「愛嬌」というのは、全くバカにできないモテ要素なのだ。

「彼氏がＤＶヒモ浮気野郎だ」と聞いたら、そんなクズ男とは早く別れろ、むしろ何故そんな奴とつきあったのか、と思うだろう。

だが、実際そのクズ男に会ってみると、女の方が嘘をついているのではと疑うほど、愛嬌の塊のような人物だったりするのである。

だが、愛嬌があるからこそ憎めず、どれだけクズでも別れられない、とも言えるのだ。

むしろ愛嬌がないと最初から人が寄ってこないので、クズにすらなれない。

全てはここからはじまる、という意味では「愛嬌」は最も大事な要素である。

とっつきにくい不愛想な人間がやたら周りに興味をもたれている、というのは二次元特有の現象でしかない。

このように「金持ち」という理由だけでモテているように見える友作にすら、これだけ複雑な要素が含まれているのだ。

今まで様々な属性別にモテを語って来たが、モテというのは属性一つで得られるようなものではない。

もっとふわっとした「モテる人」について考察してみてはどうか、というのが今回担当に課せられたテーマである。

テーマにたどり着いたは良いが、すでに三分の二が友作の話で終わってしまっている。

しかし、友作を分析することにより、かなり総合的な「モテる人」についてわかった幻覚が見えるので結果オーライと言えよう。

会ったこともない人間についてこれだけ語れるという時点で、友作がただ金を持っているだけの人ではない、というのは確かである。

もちろん友作には「金持ち」「頭が良い」という強い属性があり、そこでモテているということは否めないし、「月」というのも、友作やセーラームーン特有の属性と言えなくもない。

ただ、まず興味を引けなければその属性を披露すらできないのだ。

つまり、モテというのは属性以前に人の気を引けるか、というのが第一ということだ。

属性が強いのにモテない人がいたり、「あいつ低スペックなのに何故かモテるよな」とウィンドウズ95みたいな奴に言われている人間がいるのはそのせいであろう。

効果的に人の気を引き、自分の属性を良く見せるにはどうしたらよいのだろうか。

では、お待ちかねの友作の話に戻ろう。

友作が示した「愛嬌」と「モテ」

友作のお見合い企画の目的はなんだったのか。

本人の言う通り、本当にパートナーを探すつもりではじめて、やっぱり気持ちの整理がつかなかったからやめた、という可能性もなくはない。

だとしたら「友作、結構ナイーヴなとこあるな」というギャップ萌えが演出されている。

だが、多くの人が言う通り、最初から他に目的があっての計画中止なら、その目的とは一体なんだったのだろうか。

一番言われているのが売名行為だ。

しかし、売名なら、ツイッターで百万円撒くなどで、すでに十分すぎるほど有名である。

ただ、有名になったと言っても、「何かと金に物を言わせている人」つまり「なんか気に入らねえ成金野郎」というイメージが強い気もする。

よって世間も「友作とつきあいたい」とはデカい声で言いづらい雰囲気があった。

そんなことを言おうものなら「お金大好きかよ」と自分のイメージが下がってしまうからだ。

よって多くの女が「いくらお金持ってても、友作とZOZOするのはちょっと……」みたいなことを言うしかなかった。

しかし、今回「友作の恋人候補に二万七七二二人が名乗り出た」ということが発表されてしまったのだ。

何だかんだ言って、友作とつきあいたがっている女はたくさんいるという事実が具体的な数字として明るみに出たのである。

これだけ多くの同類がいるとわかれば今まで躊躇していた女も自信をもって「友作とZOZOタウン開園したい！」と言うことができる。

つまり、ただ金持ちなだけで不人気な人ではなく、友作とつきあいたいと思っている女がこれだけいるという数字を世間に公表することによって、友作の男としての価値は大幅に上がっ

たと言えるのではないか。

もちろんこれは、私の妄想である。

だが実際「私のことを狙っている人間は他にこれだけいる」と示すのは、効果的な気の引き方ということだ。

つまり、モテるために必要なのは属性以前に「モテている雰囲気」ということである。

商品の良さを事細かに説明するより「今！　売れてます！」「ＪＫに大人気！」とポップをつける方が効果的なのと同じだ。

逆にどれだけ良い商品でも、誰も買っていないものには手を出しづらいのだ。

小学生の時モテる奴といえば「足が速い」だが、それよりも「みんなが好きと言っているから好き」という理由で人気が集中しているケースが多かったのではないだろうか。

子どもの時から、人は人気があるものの方が安心して好きになることができるのだ。

しかし、モテてる雰囲気を出すのに、モテる必要があるというなら本末転倒であり、もはやモテというより、鶏が先か卵が先かという哲学の領域ではないか、とも思うだろう。

だが、実際モテていなくても、モテている雰囲気を出すことはできる。

しかし嵐全員に告られた、というような嘘はバレるし、高校の時クラスの男子全員とヤったというのは、ただのヤリマン暴露、「今日も円山町に五回も呼び出されて超忙しい！」などと言おうものなら、無料デリヘル営業でしかない。

そもそも自分でそういうこと言いだす奴は痛々しくてモテそうにない。

ではどうやってモテている雰囲気を出したら良いかというと、ここでも友作が答えを出している。

友作が「二万七七二二人」という数字でこれ以上ないモテを表現したように、最近は「SNSなどのフォロワー数」でモテている雰囲気を出せる時代なのだ。

実際、若者の間では、一見イケてない奴でもSNSのフォロワーが多いと、評価が二階級ぐらい特進するらしい。

またフォロワー数だけではなく、SNSでモテている雰囲気を出すことは可能だ。

SNSで加工しまくった自撮りや、露出の多い写真をあげると、ちやほやしてくれる男の一人や二人現れるのである。

四〇点ぐらいの女でも「この女とやりたがっている男が他に二人はいる」と思えば六五点ぐらいに見えてくるし、そいつらに取られるのは惜しい気がしてくるのだ。

二万七七二二人も競合相手がいると逆に引いてしまうかもしれないが、誰も狙っていない奴よりはライバルが一人、二人いた方が人は興味を引かれるし、競争心もわいてくるのである。

昔だったら「個人HPのカウンターが一〇万超えた」と言っても、オタク以外誰も畏敬の念を示さないし、モテるなどということはまずなかった。

ネットでのモテがリアルのモテと繋がり出したというのは大きな時代の変化である。

属性やスペックも大事だが、それを他人にどう見せるか、時には、ないはずの属性までもあるように見せる「自己プロデュース力」が大事ということだ。

友作はプロデュース力はもちろんだが、それを宣伝する能力に非常に長けている。

別に友作に金をもらっているわけではないのに、丸々エッセイテーマ一回分友作に使っている奴がいるというのが何よりの証拠である。

オタクが推しのことを語りたくてたまらないように、本人がいない所でもついつい話題にしたくなるのがモテる人間ということだ。

よって「あの人、良い人なんだけどね」と言われるだけでモテない人間がいるように、属性やスペックがあってもトピック性がなければ埋もれてしまうということである。

やはりモテるにはまず目立たなければならない。

何もしなくても目立つ華のあるタイプでなければ、百万円ばら撒くことも時には必要である。

つまり、モテるためにはばら撒く金が必要という話になってしまうが、防衛本能さんが「これ以上はいけない」と言っているので、今回はこれでおしまいにしておこうと思う。

第15回 匿名でもモテたい

ツイッターでモテる方法

今回のテーマは「ツイッターのモテ」である。

それ以前に数あるＳＮＳの中からツイッターを選んでいる時点であまりモテなさそうな気もする。

ツイッターというのはガンジス川であり、聖なる部分もあるが、基本的にはウンコ汁であり、良くも悪くも他のＳＮＳより民度が低い。

あの希代のモテ男前澤友作さんがツイッターでばかり百万円をばらまき、他のＳＮＳではやらないのは、システム的にやりやすいというのもあるかもしれないが、ツイッターが一番何の恥ずかしげもなく「百万円ちょうだい！」と戦後キッズのように群がってくる人間が多いと踏んだからな気もする。

しかし、それがツイッターの良いところだ。

レベルが低いからこそ私のように意識が低い人間は居心地が良いし、たまにウンコに紛れてお宝が流れて来たり、「どう見ても女体」というような面白い形のウンコが流れて来るのだ。

それに、今「ネット上でのモテ」を意識するのは大事だと思う。

何せ、まだ世の中は新型コロナウイルスが予断を許さない状況である。

安易にデートや旅行、それに伴う濃厚接触（隠語）の誘いをするような危機意識が低い人間はモテそうにない。

モテたとしても同じぐらい意識の低い人間にしかモテないだろうから、最悪クラスターが発生してしまう。

大体今は「モテ」なんて意識している場合じゃないだろう、モテても濃厚接触できないし無駄モテだ、と思うかもしれない。

確かにそう思った時期が僕にもありました、だがある人の話を聞いて私はその意識を改めた。

ある人とは、海外のＳＭクラブで働く女王様である。

現在（二〇二〇年）新型コロナウイルスの影響で世界的に夜の街、つまり水商売や風俗業は危機的状況を迎えており、当然ＳＭクラブも客足が遠のいている。

しかし、女王様はそんな状況に甘んじることなく、安全に奴隷（客）を調教する方法を考えた。

そこで使われたのが日本が誇る大人気ゲーム、動物が森に集まったりするゲームである。

曖昧な表現で申し訳ないが、このゲームのメーカーは自社製品に誇りをお持ちになられており、その権利を侵す奴がいたら訴訟も辞さないという構えでいらっしゃるのだ。

そんな素晴らしい企業のお手間をこんなことでとらせるわけにはいかないのである。

話を戻すが、そのゲームでは、通信プレイができる。

そこで、女王様は奴隷を呼びつけ自分の島の掃除をさせたり、女装させて辱《はずかし》めたりするという「リモート調教」を行ったそうだ。

もちろんそれで儲かるわけではない、貰えるのはゲーム内通貨ぐらいだ。

だがそれより重要なのは、奴隷に、自分が女王様であるということを忘れさせないようにすることなのである。

奴隷と言えど客である、長い間離れていればそのままフェードアウトしてしまう可能性は高い、コロナが去ればまた来てくれるなどと思うのはスイートなのだ。

どれだけ放置しても客が待っていてくれるのはＨＵＮＴＥＲ×ＨＵＮＴＥＲぐらいのものである。

おそらく水商売でもデキるキャバ嬢は今でも客が切れないように営業メールを送り続けているのだろう。

モテに関しても同様である。

確かに今はモテても安易に濃厚接触できないがコロナが去ったあと四秒で濃厚接触できるように種を撒くことはできるのだ。

緊急事態宣言下の外出自粛期間でも、この時間を使って筋トレや資格の勉強をしたりする人間とデブり散らかす奴に二極化していた。

つまりモテのみならず、今は「差がつく時期」なのだ。

今モテても仕方がないしと何もしない奴は、コロナが去ってももっとモテなくなっているだけである、女王様のようにできることはすべきなのだ。

今、安全にできるコミュニケーションと言えばやはりネットでありSNSである。これらを使って今の内に印象アップしておくにこしたことはない。

しかし、ハイスペな人間にモテたいと思うなら、やはりツイッターではなく、インスタやフェイスブックでのモテを狙った方が良いような気がする。

だが「ノリが違う」というのは恋愛のみならず人間関係において、大きな、そして如何ともしがたい溝になりがちなのだ。

例えば、今年某コンビニローソンが、自社ブランド商品のパッケージを一新したのだが、ツイッター民には、しゃらくさい、わかりづらい、何が「NATTO」だせめて創英角ポップ体にしろ、と絶不評であった。

一方、インスタ民には、オシャレ、かわいい、と好評だったという。

ちなみに新デザインのコンセプトは「生活空間のノイズにならないやさしさ」だそうだが、納豆や牛乳などの食料品を冷蔵庫にぶち込まず、生活空間に置いて「上がるわー」とか言っている人間とは一緒に暮らせない。

しかし相手が、納豆をさらに腐らせてでも「オシャレ」の方を取りたいというなら、それも一つの生き方である。

このように「ノリの違い」というのは「価値観の違い」でもあるので、それが違うとつきあっても上手くいかない場合がある。

よって、あきらかにツイッターのノリなのに、無理してインスタでもモテたところで、合わないノリに合わせるのがそのうち苦痛になるし、それで恋人が出来ても長続きしない恐れがある。

つまり、自分がツイッターのノリなら、ツイッターでモテた方が良いということだ。ツイッターは民度が低いと言っても全員が低いわけではない。少なくともツイッターには友作がいる。

ではツイッターでモテるにはどうしたら良いのだろうか。

不特定多数にモテるためのツイッター

ツイッターでモテる＝友作とワンチャン、ということである。

ではツイッターでモテるにはどうしたら良いのだろうか。

答えから先に言ってしまうと「おっぱい」である。

おっぱいと言っても丸出しにすれば良いというわけではない、それだと通報の恐れがある。どう見てもサイズのあっていない、やたらざっくりしたニットワンピから胸の谷間をのぞかせた写真を載せるのである。

顔はあえて載せず、美人に違いないと思わせる口元と、巻いた毛先が見えるぐらいで良い。

残念なことに、これでツイッターのフォロワーは増えてしまうのだ。

顔すら写っていない、本当に乳のみの写真でモテてしまうのがツイッターなのである。

この時点で「ツイッターのモテ」という言葉自体がいかに絶望的なものであるかわかっていただけると思うが、正直インスタでもおっぱいを載せればフォロワーは増えると思う。

つまり、おっぱいとはノリや価値観の違いを越えたグローバルデザインなのだ。

しかし「おっぱいは別格」なため、おっぱいさんに出てこられると試合にならず客が帰ってしまうので、今回は「殿堂入り」ということで出場辞退していただくことにする。

そもそも、ツイッターに落ちている無料のおっぱいに群がる人間にモテても意味がないだろう。

アフィリエイトとかで儲けたい、もしくはフォロワー数で己の存在意義を示せず自我が崩壊してしまうという緊急時以外はお勧めしない。

ではおっぱいを出さずにツイッターでモテるためにはどうしたら良いのだろうか。

フォロワーを増やしたい、という意味なら、おもしろいつぶやきや役に立つつぶやきをコンスタントにしていくしかない。

絵を描いたり、料理を作るのが得意なら、作品をアップするのも効果的である。

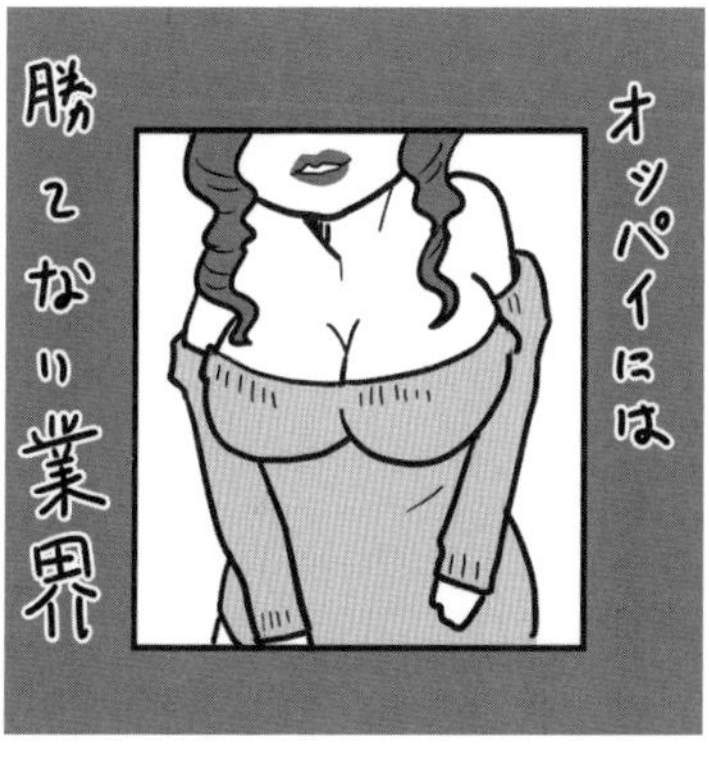

その場合は美しい夕焼けの写真を上げた後に、吐き気を催すレベルのドスケベイラストを上げるというような一貫性のないことはしない方が良い。

たとえ一つ一つのクオリティが高くても、夕焼けを見てフォローしたのに次に突然ドスケベが流れて来たらすぐリムーブされてしまう恐れがあるし、逆にドスケベ目当てで夕焼けが流れて来たらブロックされてしまう。

「このアカウントは陥没乳首のイラストに定評がある」など、はっきりした特色がある方がツイッターでは有名になりやすいのだ。

つまり、芸能人のように「〇〇キャラ」として、自分のアカウントをプロデュースするのである。

そうすればフォロワーも増えるし「ファン」もつくようになる。

しかしツイッターで「フォロワーが二万人以上になるとモテるようになる」というつぶやきが広まった時、多くの二万以上フォロワーがいるアカウントが「嘘だ、全然モテねえぞ」と反論していた。

ではフォロワーをいくら増やしてもムダか、というと、どんなに面白くてフォロワーが多くても一貫してセーラーマーズにしか興味がないとつぶやき続けているアカウントに対し「今夜どう?」と思う奴は二万人に一人いるかいないかだろう。

設定したキャラが「モテ向き」でなければ、どれだけフォロワーが増えてもなかなかモテないのだ。

むしろ「陥没乳首神絵師」の場合、有名になればなるほどモテが遠ざかる気がしてならない。

逆に「イケメン料理アカウント」とかだったらフォロワー千人でも十人ぐらいオフパコれそうな気がする。

よってモテが目的なら「年収二兆円キャラ」などモテそうなキャラを選ぶことが重要である。

もちろん一番手っ取り早くモテるキャラは「おっぱい写真キャラ」だが、それはモテてもしょうがない人間にモテるだけなので、どの層にモテたいのか、というターゲッティングも重要だ。

また、ツイッターでフォロワーが増えると企業から仕事の依頼が来たりする。

このようにフォロワー数の多いアカウントというのは金銭的な価値もあるので、もはや財産の一つと言っても良いのだ。財産がある人間がモテるのは当たり前である。

しかし、もちろん有名になるリスクというものもあるし、そもそもツイッターで有名になって不特定多数の人間にモテたいわけではないという人もいるだろう。

確かにフォロワーが多ければ多いほど、その中にクレイジーゴナクレイジーが混ざる確率は高くなる、そんなのに住所を特定されるぐらいならフォロワー三人とかの方がマシだろう。

昔は、拷問でもされない限り己のホームページなどをリアルの知人に教えるなどということはなかったが、ミクシィあたりからリアルで繫がっている人間とネットでも繫がるということが普通になってきており、最近ではあいさつ代わりにＳＮＳをやっているかを尋ねるレベルになってきている。

知らない人にではなく、そういったリアル繫がりの人間に対し、ツイッターを使い印象をアップさせ、モテたいという場合はどうしたら良いだろうか。

狙いを定めたツイッターの運用法

ツイッターで繫がっているリアル知人に対しモテるにはどうしたら良いか。

それ以前にツイッターというのはＳＮＳの中でも一番人間が素になっているツールである。

むしろリアルで言えないことを言うためにツイッターをやっているという人間も多いし、鍵アカにする理由のぶっちぎり第一位は「リアル知人にバレるのが嫌だから」なのだ。よって「ＳＮＳやっている？」と聞かれて、すぐにツイッターのアカウントを教えられるのはよほど毒にも薬にもならぬ、悪臭すらしない屁みたいなつぶやきしかしていないか、リアルの人間対策の業務用アカウントを持っている人間だけのような気がする。

大体のツイッタラーが「やってない」と答えるか、最後の投稿が五年前のフェイスブックアカウントを囮《おとり》にすると思う。

ツイッターでモテるどころか、すでにTLは「ゆづの腰えちえちすぎる……！」みたいな絶対モテないつぶやきで埋め尽くされていたりするのだ、そこから挽回するのはおっぱいでも難しい。

むしろ最初から出している奴よりリアル知人と繋がった途端おっぱいを出す人間の方が百万倍怖い。

よって、ツイッターを使ってモテを目指すなら、リアル知人に見られることを前提としたアカウントを作っておいたほうが良い。

だったら最初からフェイスブックとかにしておけという気がするが、「フェイスブックやっている奴が嫌い」という面倒な人間もいるのだ。そういう人間はもちろんインスタも嫌いなのでツイッターでモテるしかない。

リアル知人用アカウントとなると露出の多い自撮りという方法はとれない。逆に「こいつネットでエロ垢やってるよ」と悪い噂が広まってしまう。

そもそも顔を知られているのだから、加工して盛り盛りの自撮り写真など載せても「こいつネットだとイキってんな」と思われるだけである。

よって重要なのはつぶやきの内容であり、まず愚痴や悪口ば

かりというのはダメだ。

愚痴と悪口がダメならツイッターは何のために存在するのだ、と思うかもしれないし全くその通りなのだが、せめてモテが目的でツイッターをやっているなら控えよう。

愚痴が多いとつきあっても愚痴ばかり聞かされそうだし、リアル知人がネットに書きこんでいる悪口というのは余計生々しい。

なによりネットで悪口ばかり言っているということは自分の悪口も陰で言っていそうで嫌だ。

つまりつぶやきが愚痴と悪口ばかりだと「こいつとつきあったら楽しそう！」という感じが一ミリもしないのだ。

だがツイッターには逆に愚痴ツイートに対し「弱っているところに優しくしてワンチャン」を狙ってくる人間も大勢いる。

このようにツイッターというのは魑魅魍魎《ちみもうりょう》が跋扈《ばっこ》する、獲るか獲られるかの世界なのだ、ある意味ＳＮＳモテの中で一番難易度が高いかもしれない。

やはり素人はフェイスブックでもやっていた方がいい気がする。

よって出来るだけつぶやきは明るく楽しいものにし「一緒にいて楽しそう感」を出した方が良い。

その方がたまの愚痴ツイートも映えて「どうしたんだろう」と気にしてもらえる。

だがここでも「いつも気丈な人間が落ち込んでいるところを優しくしてワンチャン勢」

が現れるので油断は禁物だ。

そしてリプライでやりとりをする時は、少しオーバーリアクションぐらいがいい、特にお礼などを言う時は「ウレション」の絵文字を三つぐらいはつけよう。

もちろんそんな絵文字はないが、タダで体力を使わずいくらでも大げさな礼を言えるのがＳＮＳコミュニケーションの良いところなので積極的にやっていこう。

しかし、それを追求し過ぎると「おじさんのＬＩＮＥ」が爆誕してしまうので加減は必要だ。

そしてどれだけモテ目的でも「モテようとしている感」は出さない方がよい、それよりもツイッターでは「すでにモテてる感」を出そう。

人は「今人気！」という何の説明もしていないＰＯＰがついている商品を手に取ってしまう生き物である。他の人間が狙っているとわかったら急に自分も欲しくなったりするのだ。

よって彼氏がいることを匂わせるのではなく、いもしない彼氏や自分を狙っている男の存在をチラつかせる「逆匂わせツイート」を定期的に行おう。

ツイッターである程度人気を得てから、意中の相手とアカウントを交換するという手もある。どうとも思ってなかった相手でも、ＳＮＳでフォロワーが多かったり、人気があるとわかったら良く思えてくるものだ。

その心理を使って、逆に自分の彼女にＳＮＳをやらせるという男もいる。

リアルの彼女は三八点ぐらいでも、ＳＮＳに盛りまくった写真を載せ、男たちにチヤホヤされているのを見ると六五点ぐらいに見えてくるし「お前らがやりたくて仕方がない女と俺はやっている」という優越感に浸れるのだという。

このようにツイッターというのは元々地獄なので、そこで発生しているモテというのも大体地獄ということだ。

そもそもツイッターというのは鍵アカでない限り、全世界の人間に見られること前提のツールなので、特定の相手を狙うのには向いていない。

どちらかというと「人気者になりたい」「新しい出会いが欲しい」という不特定多数向けのモテを得るためのツールである。

目当てが決まっているなら、ツイッターなどという、いつ魑魅魍魎がＦＦ外から失礼してくるかわからないツールよりＬＩＮＥやビデオ通話などで個別に親交を深めた方が良い。

ＬＩＮＥは交換してもらえないし、ビデオ通話も五人以上じゃないとしてくれないし、自分と二人きりになりそうな空気になると「通信が不安定になった」と言って必ず消える、という場合は、脈がないので、むしろツイッターでまだ見ぬ相手を見つけた方がいいかもしれない。

確かにツイッターは魑魅魍魎も多いが、友作もいる、どのＳＮＳよりも夢がある世界なのだ。

おわりに

この本は「ｙｏｍ ｙｏｍ」で連載されていたコラムを書籍化したものであり、ページの都合上、全ては収録できなかった。

その結果私の最推しである「土方歳三」のモテについて分析したものがカットになってしまった。

なぜ担当の推し（安室透）についての話が残っていて、俺の推しが切られるのか全く納得いかないのだが、著者の萌え語りなど、他人の昨日見た夢の話の次ぐらいに興味がないとは思う。

よって土方さんの話を聞きたいという人は、有給を一週間ぐらい取ってから個人的に聞きに来てほしい。エナジードリンクなどの用意があればなお良い。

正直なところ「モテ」というテーマを聞いた時、私はすでに三次元の人間に「モテたい」という感情を失っていた。

よってモテの話はそこそこに、あとはずっと土方さんの話でもしようとおもっていたのだが、結果として割と真面目にモテについて考察してしまった上に土方さんの話は切られるという最悪の結末を迎えてしまった。

まず「モテ」というものを、漠然と異性もしくは同性またはその他（炎上避け）に恋愛対象としてチヤホヤされることと思っていたが、それ以前にモテとは「人に好かれること」なのである。

人間というのは一人では生きられず、他の人間と共存していかないといけない。よって山で単独サバイバルなど横井ショウイチズム溢れる生活をする覚悟がないなら「人に好かれない」というのは致命的ですらある。

つまり「モテなくていい」などというのは「死んでもいい」と言っているのに等しい。そう考えると「モテ」に対する見方も変わってきたし、モテについて考えれば考えるほど「そりゃ自分はモテんわ」ということがわかってきた。

まず逆で考えて見てほしい、自分はどういう人間を好きになるか、という話だ。「顔とか体型とかどうでも良いんで、この店で一番、唾液が出る娘をお願いします！」という好みの話ではない。

おそらく、多くの人が自分を好きな人のことが好きになると思う。

自分に好意を持ってくれている人というのは、優しくしてくれるし一緒にいて楽しそうにしてくれるため、こちらも自ずと楽しくなってしまうのだ。

つまり、人間に好かれようと思ったらまず自分が人間を好きでないと話にならない、己が人間に対し特に理由のない疑心暗鬼を向けているくせに、自分には好意を向けてほしいなど、片腹痛すぎる。

モテる必要はないかもしれないが、今後も人間社会で生きていく予定があるなら「モテない理由」について一考する価値はある。

そして恋愛対象としてよ「モテたい」としても、いろんなモテがある。

「いいなりにしやすいから」「すぐヤらせてくれるから」など、もはや「好意」ですらないモテもこの世には存在するし「雑魚モテ」と言って、どうでも良い相手にばかり好かれるというモテもある。

そのようなモテ方は手に入れても却って不幸になる場合がある。

最悪「今日は千駄ヶ谷の多目的トイレに呼び出しだわ、忙しくて困っちゃう」と、ただの都合の良い女扱いを「モテ」と勘違いすることになってしまうかもしれない。

「オタサーの姫」なども、女が少ない場所や恋愛経験の少ないコミュ症の輪に入って無双するという、傍から見れば「雑魚モテ」でしかない。

しかし、本人が雑魚相手でもチヤホヤされて承認欲求を満たしたいという理由でやっているのであればそれは立派なモテである。

逆に、スペックが高いパートナーが欲しいという動機なら雑魚モテは邪魔でしかない。

このようにモテたいと思った時は、誰にどのようなモテ方をしたいのかはっきりさせてから行動をしないと、意図しないモテ方をして逆に困ったことになる可能性がある。

そして当然、どうモテたいかによって、モテる方法も変わってくる。

ちなみにツイッターでモテたい場合は「おっぱいの谷間を見せる」だ。

また「何がモテるか」というのは、時代や状況に合わせて刻々と変化している。

石器時代であれば「石を遠くに投げられる男」がモテたかもしれないが、現代でそれをやっても「ゴリラ」としか思われない。

それよりも「アイパッドより重い物は持ったことがない」という男の方が今はモテてしまうのだ。

しかし今後何らかの理由で文明が崩壊したら、再び石を遠くに投げられる男が覇権を取るような気がする。

そうなったにもかかわらず、充電の切れたアイパッドを後生大事に抱えている男はモテないし、それ以前に死ぬ。

それよりも、時代が変わったことを理解し、アイパッドを遠くに投げる練習を始める男の方がモテるのだ。

このようにモテ続けようと思ったら、時代や状況の変化に合わせて変わっていくことが大事である。

これはモテ以前に人として大事なことだ。

古い価値観をいつまでもイケてると思っている人間は、年齢関係なく老害だし、当然好かれない。

途中で、ハイローの琥珀さんや、安室透やバーフバリのモテについて考察しているのも突然趣味に走ったわけではない、本気で趣味に走るならここまでずっと土方さんの話をしているはずだ。

モテというのは、国や世界観、次元によっても変化するということを示したかったのだ。琥珀さんもハイロー時空ならチャーミングな人だが、リアル親戚にこういう人がいたら正直悩みの種である。

乙女ゲーに出てくるような男も、大体メンヘラかモラハラなので、現実であれば目も合わせず親指を隠して即刻逃げたほうがいい。

つまりAVを手本にするなと同じで、フィクションのモテを現実で応用しないほうが良い。逆に言えば、フィクションを作るなら現実のモテではなく「フィクションモテするキャラ」を作らなければいけないということだ。

また「モテ」と「リスペクト」には深い関係がある。

モテには「カッコいい」という「憧れ」からくるモテと「バカな子ほどかわいい」という「見くびり」からくるモテがある。

女は正直、見くびられた方がモテやすい。よって「モテテク」と呼ばれる物には「合コンさしすせそ」のように、要約すると「バカと思われよう！」と言っているものが多い。

逆に高学歴など、頭の良い女はモテづらい傾向があるそうだ。

一瞬のモテが欲しいなら構わないが、結婚相手などを探すのに見くびられモテを利用するのは危険である。

その方法で相手を探すと、相手に常に下に見られる「リスペクトのない関係」になってしまい、下にいる内は可愛がられるが、少しでも自我を出すと激高される恐れがある。

いくらモテても、リスペクトが発生しないモテでは幸せにはなりづらい。

このように、恋愛や結婚がマストでない世の中において「モテ」というのはさして大事でないもののように思えるが、人間の中で生きていくなら「人間にモテること」を考える必要はある。

そして「それは無理だ」と判断した人のために、次回は「野生動物と虫にモテる本」でお会いしたいと思う。

本書は単行本化にあたり
「yom yom」vol.44-66 連載コラム「モテる技術（仮）」に
加筆・修正、書き下ろしを加えたものです。

モテるかもしれない。
発　行　2021年4月30日

著　者　カレー沢《ざわ》 薫《かおる》

発行者　佐藤隆信
発行所　株式会社新潮社
〒162-8711　東京都新宿区矢来町71
電話　編集部　03-3266-5550
　　　読者係　03-3266-5111
https://www.shinchosha.co.jp

装　幀　新潮社装幀室
組　版　新潮社デジタル編集支援室

印刷所　錦明印刷株式会社
製本所　加藤製本株式会社

ISBN 978-4-10-353971-1 C0095